# ロング・ロング・ホリディ

小路幸也

PHP
文芸文庫

○本表紙デザイン＋ロゴ＝川上成夫

ロング・ロング・ホリデイ　目次

# ロング・ロング・ホリディ

一九八一年　札幌　六月

# 一

「コウヘイ！」

　文学部の北棟を出て駐輪場に向かっているときに、小走りに近づいてくる足音が聞こえるなって思った次の瞬間に名前を呼ばれて、恭子(きょうこ)さんの声だと思って振り返ったら、スパーン！　と顔面を叩(たた)かれた。

「ゴメン！」

　慌てたように恭子さんが一瞬だけ心配そうな顔になって、それから可笑(おか)しそうに笑った。

「急に振り返るんだもん」

「呼ばれたら振り返るでしょう普通は」

　恭子さんは誰彼かまわず挨拶代わりに後頭部というか、つむじの辺りを叩いてくる。癖(くせ)なんだろうな。もちろん軽くで親愛の情を込めてなんだけど。それにしても顔面には痛い。

何人かの顔見知りの同級生が「なにやってんだ?」って顔をして笑いながら通り過ぎていく。じゃあな、っていう声に軽く手を上げる。

「これから講義ですか?」

四年生で、学部は違うけど先輩である恭子さんにはもちろん敬語を使う。恭子さんが、ううん、って首を横に振った。肩の長さで切り揃(そろ)えた髪の毛がさらさら揺れる。

「今日は講義はない。さっきまで〈D(ディー)〉にいたんだけど、カンジに頼まれて伝えに来てあげた。お客さんが来て待ってるよ」

「お客?」

〈D〉は喫茶店なんだからそりゃお客は来るだろうと思ったけど、そうじゃない意味だろう。僕たちのそれぞれの講義表は〈D〉の控室に貼ってあって、同じ大学の恭子さんならそれを見れば僕がどこにいるかはすぐにわかる。

「僕に、お客ですか?」

そう、って頷(うなず)く。モデル並みに背が高いので恭子さんは目線がほとんど同じだ。黒目がちの瞳がまっすぐに僕に向けられている。その眼が、細くなって悪戯(いたずら)っぽい表情になって顔を近づけてきた。

「コウヘイいますかって訪ねてきたんだって。なんか、すっごい美人。背が高くておしゃれだし、明らかにコウヘイよりずっと年上。もちろん私たちは見たことない人」

そう言ってから腕時計を見た。

「まだお店に来てから一時間も経ってない。今日は遅番でしょ？ 待ってるって言ってたらしいから早めに行ってあげたら？」

このぉ年上殺し、とかなんとか言って恭子さんがまた頭を叩く。

美人？

年上？

客？

全然わからない。誰が〈D〉に僕を訪ねてくるっていうのか。わかんないけど、気になるし待たせておくのは確かに申し訳ない。

「わかりました。すぐに行きます」

恭子さんはにっこり頷いて、じゃあねまたねー、と手を振って歩き出した。

ここから北十八条にある恭子さんのアパートまでは歩いて十分かそこら。去年に一度だけ行ったことあるけど、そして朝まで一緒にいたけどそれっきりだ。恭子さんもそれからそのことは何も言わないで、何事もなかったかのように普段通りに気軽に接してくるので、僕もそうしてる。

自転車に乗る。いったんアパートに帰ってから行こうと思っていたんだけど、南三西四にある〈D〉までは急げば、信号待ちが少なければ二十分掛からない。カバンを肩に引っかけて、ペダルを漕ぐ。急ぎながら、ずっと誰だろう誰だろうって考えていたけどさっぱり思いつかなかった。

高校一年のときに北海道一周した相棒の自転車。今の流行じゃなくて少しフレームは重いんだけど、今も大事に乗ってる。

大学構内をすっ飛ばして北十二条から門を出て、通りをまっすぐただひたすら南下。札幌駅を左側に見て、赤レンガの道庁を右手に見て、大通を過ぎてもとにかく真っ直ぐに進んで南一条の電車通の辺りからは人通りも車通りも多くなるし歩道も狭いしで少しスピードが落ちて、狸小路を過ぎて角のタワーレコードのあるビルが見えたらそこはもう南三条通。

信号を渡って左へ。

南三条西四丁目の駅前通に面した角から二番目のビルの地下。

大学に入ってからずっとバイトしている喫茶〈D〉がある。

奇跡的に一回しか信号に引っかからなくて、十五分で着いた。

ビルの前で自転車を降りて、すぐにかついで階段を上がる。事務所が二階にあって、自転車で来たときはそこの廊下に自転車を並べて置いておくのが決まりなんだ。鍵を掛けて、事務所のドアをノックしてすぐに開ける。

「おはようございまーす」

すぐ脇の机に、事務員の進藤(しんどう)さんがいつもいる。

「おはよう。今日も自転車?」

「そう、置いとくからよろしくです」

わかったーって返事した進藤さんに手を振る。奥の窓際の机に社長がいたときにはー応中まで入っていって挨拶するけど今日はいなかった。ラッキーと思ってドアを閉める。社長はすごい人である意味尊敬してるけど、面と向かって話すのは苦手だ。ものすごい圧力にいつも圧倒される。札幌の街中で喫茶店を四つも経営するような社長さんっていうのは、皆ああいう風にオーラを持つのかって思う。

階段を二段飛ばしで下りる。

ここの階段は日曜日には大抵順番待ちの人で一杯になる。皆、〈D〉に入るために並ぶんだ。たかが喫茶店に入るのに並ぶなんていうのが最初は信じられなかったんだけど、札幌みたいな都会では人気の店はそうなのかって。少なくとも田舎の旭川では、旭川もそれなりに人口は多いんだけど、そんなこと考えられなかった。

　このビルの地下の店は二つ。ひとつは〈D〉でもうひとつは〈サファイア〉。どっちも喫茶店なんだけど雰囲気は天と地ほども違って、客層もまったく違う。〈サファイア〉の常連客はおじさんおばさんばかりだ。特に競馬がある日なんかは近くの場外馬券場に来る人たちで一杯になる。皆が皆競馬新聞と赤鉛筆を持ってものすごく店内は静かだ。

〈D〉のお客さんはほとんどが若者。たぶん七割ぐらい学生。高校生も多い。もちろん制服では入れないから皆どこかで着替えてくるんだけど。

　ガラスが嵌まった木枠の重いドアを開けると同時に、お客さんと間違えられないように「おはようございます！」と大きな声を出す。それが〈D〉にバイトに入ると最初に教えられる決まり。慣れちゃうと「おはよっす！」になるんだけどね。

「おっ、コウヘイ」

　店の入口のすぐ向かい側、僕たちバイトの控室からバンズパンを手にしたカンジさんがちょうど出てきて、にっこり笑った。それからいきなり僕の肩を摑(つか)んでぐいっと引き寄せて小声で言う。

「美人、待ってる」

「恭子さんから聞いて慌てて来たんだけど」

「誰だよ」

思いっきりカンジさんがニヤニヤする。

「全然わかんないんですよ。どこです？」

首を回して、奥をそっと指差した。

「十四卓。こっちに背中向けてる」

そっと見た。肩よりも少し長い髪の毛の女性。クリーム色っぽい服。それでもわからなかった。ホールを歩き出すとテーブルに座っている何人かの常連の女の子たちがニッコリ笑ったり、小さく手を振ったりするので、軽く挨拶する。

今日の早番はホールがコンタさんと店長の岡本(おかもと)さんで、ソフトと洗い場はミッキーで厨房(ちゅうぼう)がカンジさん。コンタさんも岡本さんもミッキーも興味津々の顔で僕を見ているのがわかった。

端っこの十四卓。ここだけがカウンターやホールに背中を見せて座る椅子があるんだ。その席に座ってる女性。近づいても誰だかわからなかった。

「あの」

声を掛けたら、すぐにその人は振り返った。

「姉さん!?」

「あぁ、幸平(こうへい)。久しぶり」

びっくりした。

何で姉さんが店に来るんだ。


アルバイトがホール側の席に座るのはたとえシフト外でも休日でも禁止なので、姉さんにはLの字のカウンターの奥に移って座ってもらった。すぐ脇は厨房への通路で、反対側はホール担当の持ち場。僕は今日は厨房なので仕事に入ってもそのまま話はできる。

「元気そうね」

少し嬉しそうに微笑んで姉さんは言う。

「元気だけどさ」

そう言いながら姉さんの隣に座って、煙草を取り出して火を点けたら眼を少し丸くした。

「煙草、吸うんだ」

「吸うよ」

「そうよね。あんたも二十歳だもんね」

高校のときから吸ってるけれど、姉さんはもう家にいなかったし、帰っても来なかった。さっき数えたら会うのは七年ぶりだった。

六歳上の姉さん。高校を出て東京の短大に入ってそのまま東京の何とかいう会社に就職した。その間、故郷の旭川に帰ってきたのは短大を卒業したときに一日だけ。

まるっきり家に寄りつかなかった姉さん。まぁその気持ちはわかるんだけど。

「私も年を取るわけよねー」

そうだろうけどさ。

「仕事はどうしたの？　休みなの？」

今日は火曜日。普通ならサラリーマンはお仕事。東京にいるはずの姉さんがどうして札幌にいるのか。姉さんはちょっとだけ肩を竦(すく)めた。

「まぁお休みよ。その辺の話は後からにしよ」

いいけど。

「ここは、母さんに聞いたの？」

ここでバイトしてることなんか姉さんは知らないはずだった。なんせ七年間も会っていないんだし、たまに電話で話す母さんに、姉さんから連絡があったなんてことを聞いたこともない。

「あんた、石黒(いしぐろ)くんに会ったんだって？　ススキノで」

「あぁ」

姉さんの同級生だ。実家の近所に住んでいて僕も小さい頃から顔を知っていた。

「大分(だいぶ)前に、ばったり会った」

一ヶ月か、二ヶ月か前。そういえば石黒さんにはここでバイトしてるって言ったっけ。

「彼が出張してきたときに、東京にいる友達が集まったのよ。そのときに聞いたの」

「そうなんだ」

姉さんは頷いて、コーヒーを飲んだ。七年ぶりだからいろいろ話すことはあるような気もするけど、眼の前の厨房でオーダーこなしながらカンジさんが聞き耳を立ててるだろうし。

「いいお店ね。古いけど」

「うん」

「何年ぐらいやってるの？」

「開店して十八年だって」

そんなに長いんだ、って姉さんが少し驚く。

「不思議なインテリアよね。何風なのこれ？」

「よくわからないけど」

社長の話では若い頃に過ごしたスペインのレストラン風なんだそうだ。まるで絨毯(じゅうたん)みたいな柄の朱色の布張りの四角椅子。壁はどこかの洞窟(どうくつ)みたいに丸みがあって、あちこちに細かい細工がされた四角い柱が立っている。

「僕も初めて来たときにはちょっとびっくりした」

全然喫茶店っていう雰囲気じゃないんだ。メニューも、ピザやハンバーガー、ドリアにスパゲティにパエリアとレストラン並みにある。

「あんたも料理を作るの？」

「作るよ」

〈D〉では全員がホールもソフトドリンクを作るのも厨房もやる。できるように仕込まれる。社長が言うにはこの店はアルバイトがそういう技術を取得して、長い間勤めるのが自慢なんだそうだ。一年生の夏から厨房を始めた僕も仕込まれてすっかり料理もこなせるようになった。

「今度調理師免許も取るんだ」

「調理師免許ぉ？」

びっくりした顔をする。

「そっちの方面へ進むつもりなの？」

「違うよ。厨房の実務経験さえあれば試験は受けられるんだ。社長がせっかく経験したんだから、学生の内に取れる資格は取っておいて損はないだろうって」

「まぁ、それはそうね。調理師免許って国家資格よね」

確かに資格はどんなものでも取って損はないわって続ける。

「楽しそうね」

姉さんが微笑みながら言う。

「楽しいね」

バイトは全員が男で大学生。ユニフォームは店の名前が入った紺色のTシャツを着て、それぞれ好きな色のバンダナを首に巻く。下は自前のジーンズ。

「遅番って言ってたけど、シフト制なの？」

「そう。早番三人、遅番三人の交代制でバイトは全部で八人。今のところ僕はいちばん後輩。欠員が出ないと補充しないから」

例外もあるけれど、大体早番は講義が少ない三年生や四年生、遅番は一年生や二年生が中心になる。大学はもちろんバラバラで、今のところH大とM大とS大の学生。

「八人で回すの？」

学生なんだから試験期間とか困るんじゃないのって言う。

「他にも三店舗あるんだ。名前は違うけどね。だから緊急で人が足りないときには応援が来たりする。僕も他の店に応援に行くこともあるし」

ふぅん、って姉さんが店内を見渡す。

「あの人が店長さん？　一人だけ年寄りだけど」

入口のところにあるレジで何かを計算している岡本さん。年寄りっていうのは可哀相（かわいそう）だけど、三十五歳だ。

「そうだよ。岡本さんだけが正社員。ランチタイムの忙しいときだけ手伝う」

厨房から洗い物からホールまで、岡本さんは縦横無尽に飛び回って僕らバイトを補佐してくれる。六時を回ったらレジを一度締めて、後は遅番に任せて帰るんだ。

「幸平は今日はどこをするの」

「厨房に入る」

「何時まで？」

「十一時」

けっこう遅いのね、って姉さんは言う。

「でも十時半になって誰もお客さんいなかったらそこで閉めちゃうから、片付けて十一時前に帰ることもあるけどね」

「じゃあ、ここで晩ご飯を食べるわ。幸平の作ったものを食べさせて」

「いいよ。メニュー見て決めておいて」

「食べたらあんたの部屋に帰るから、鍵を貸して」

え？

「家に帰るんじゃないの？」

札幌から旭川まではＪＲの特急で一時間半。三十分に一本は走っていて最終は十一時だから、晩ご飯を食べてからでもいくらでも電車はある。

姉さんは、ちょっと下を向いて苦笑いした。

「一人暮らしなんでしょ？　あんたの部屋に泊めてちょうだい。ダメ？　女の子とかいるの？」

「いないし、泊まってもいいけど」

ここの仲間や大学の友達が泊まったりもするから、布団も一応予備があるけど。

「すっごい汚かったり、男臭かったりする？」

姉さんが顔を顰めて言う。

「残念だけど、ものすごくきれいだよ」

一人暮らしを始めてから自分でも気づいたんだけど、僕は掃除や整理整頓が好きで得意だったらしい。自慢じゃないけど、大学生の男の一人暮らしとは思えないぐらい、ここはモデルハウスかってぐらいに片づいている。

「良かった。しばらく泊めてちょうだい。お母さんやお父さんには内緒ね」

その辺の話は部屋でしましょう。そう言って姉さんはお願いね、とちょっと頭を下げた。

僕の記憶の中の姉さんはほとんど高校生のままで、おかっぱみたいな頭にセーラー服だ。今眼の前にいるのは、顔こそ確かに姉さんだけど、お化粧をして髪には少しパーマをかけてて、たぶん流行りのブランドの服を着ている。首元のアクセサリーが光っていてどこかで嗅いだ記憶のある香水の匂いをさせている。

大人になった姉さん。

美人で秀才で、よくクラスメイトには羨ましいなって言われた。

一緒に暮らしていた頃は、いろいろキツイことを言ってきたりもしたけれど、宿題を見てくれたり、ご飯を作ってくれたりもした優しい姉さんだった。

今日の遅番は僕とブチョウさんとナオキさん。僕が厨房でブチョウさんがホール、ナオキさんがソフトだ。

ソフトは文字通りカウンターの真ん中で、ソフトドリンク全部と洗い物を担当する係。厨房はホールからも見えることは見えるけれど奥まっているし、手前の食材を入れる冷蔵保管ケースの背が高いから、ほとんどお客さんからは見えない。なので、十八人座れる長いカウンターに座ったお客さんの相手は、ほとんどがソフト担当のバイトがする。

ナオキさんは、バイトの中でもエースだ。

M大の四年生なんだけど、実はもう三回留年していて年齢は二十五歳。なので、二年生から始めた〈D〉のバイトももう六年目。アルバイトだと知って驚く新しい常連さんもいるほどの古株だ。

エースの称号は古株で仕事ができるっていうだけじゃない。ナオキさんはとにかくモテる。まるでイタリアの俳優みたいな日本人離れした顔をしてて、背も高い。そして客商売をやるために生まれてきたんじゃないかっていうぐらいに、話し上手で盛り上げ上手。ナオキさん目当ての女性の常連さんが何人いるか僕たちも把握できないぐらいだ。

常連さんがどんどん増えるってことは、当然お店の売り上げも増える。別にそれを狙って男のバイトしか採らないわけじゃないって社長が言っていたけれど、ここにバイトに入ると何故かモテるようになるんだ。長いことバイトしているとバレンタインデーにはお客さんから何十個もチョコを貰うようになるって話は聞いていたけど、今年僕もここでバイトしてから初めてのバレンタインデーを迎えてびっくりした。全部で十五個もチョコを貰ったんだ。

でも、そんなのは序の口で、ナオキさんは今年は九十八個も貰っていた。それでも昨年より減ったとか笑っていたんだけど、とんでもない数だ。きっと普通に生活していたら一生貰えない数のチョコレート。

なので、バレンタインデーの前の日には冷蔵庫を少し整理して、たくさん集まるチョコレートのスペースを作る。貰ったのを全部集めると二百個以上集まるからとても食べ切れないので、その日からしばらくの間は特別メニューでチョコを使ったケーキとかをオリジナルで作ってサービスする。

厨房で、オーダーをこなしながら、ちょっと空いた時間に姉さんにそんな話をしたら、大きく頷いていた。

「確かにナオキくん、格好いい男の子ね。子、なんて言っちゃ悪いか。四年生で三回留年ってことは。私と同い年かひとつ下？」

「そうかもね」

姉さんは六歳上だから二十六。ナオキさんは二十五のはずだから。

「何でそんなに留年してるの？　って訊くのは失礼？」

「別に。本人が望んで留年してるって話していた」

どうして？　って首を捻る。

「ナオキさん、いろんなことをやってるんだよね。学生集めてイベントやったり。そういうのが楽しくて、限界まで大学生活を楽しみたいって」

ふうん、って姉さんはちょっと唇を尖らせた。

「お気楽そうに思えるけど、それってけっこう勇気がいるわよね。お金も掛かるし」

「まぁ、そうだね」

「ブチョウさんっていうのは、何となく部長っぽく見えるから？」

小声で姉さんが悪戯っぽく笑って言った。

「その通り」

ホールでオーダーを運んでいるブチョウさんは、M大の三年生で僕のひとつ上なんだけど、どこからどう見ても中年のおじさんに見える。七三分けに四角い黒縁（くろぶち）のメガネ、ちょっとだけ小太りだから余計に。

「本名は島村久司（しまむらひさし）さん。真面目なすごくいい先輩なんだよ」

本当に真面目なんだ。他の皆が不真面目ってわけじゃないけれど、たとえば講義をサボったり女の子と適当に遊んだりする場面はけっこうある。でも、ブチョウさんはそんなことをまったくしない。飲みに付き合わないとか、堅物で話せないわけじゃないんだけれど、自分に与えられたものはきっちりこなさないと気が済まない性分なんだ。だから、講義は全部出るし、バイトもその合間できちっとこなす。

「いるわよね、そういう子。でもそういう真面目な男の人が社会に出るととても大切な役割を果たすのよ。見習わないと」

うん、と、頷きながら姉さんが言う。

社会人になって六年目の姉さん。確か入った会社はそれなりに大きな商社だったはず。いろいろあるんだろうなと思うけど、その辺の話もバイトが終わってからだ。

「あんたは真面目に大学行ってるの？」

「行ってるよ」

出なきゃならない講義をサボったりはしてない。まぁたまにバイトシフトの関係で、頼まれてサボることもあるけれど許容範囲だと思う。

入口の方でいらっしゃい、って声が上がる。「いらっしゃいませ」じゃないってことは誰かごく親しい常連が入ってきたってことだ。厨房の奥から見たら、ヒロコちゃんだった。

「いらっしゃい」

「こんにちは」

普段なら、今姉さんが座っているカウンターの端はバイト仲間かいつもの常連が座っている。だからヒロコちゃんも誰が座っているんだろうって顔をしていたんだけど、まったく知らない女の人がいたので、ちょっと表情を変えてすぐ後ろのソファ席に座った。そこも常連しか座らないところだ。二人が横に並んで座るソファで、間に小さなテーブルがくっついている。

間を置かないで、舞ちゃんやカナちゃん、静佳さんたち常連の学生たちがやってくる。学校が終わるこれからの時間は、この店のいちばん奥はほとんど常連で埋まってしまう。

皆がお冷を運んでいったブチョウさんに「誰？」って姉さんのことを小声で訊いているのがわかるけれど、オーダーを上げるのに忙しくなってきた僕はとりあえず放っておく。姉さんは僕が忙しく料理をしているのを何か珍しそうに眺めながら、マガジンラックから持ってきた雑誌を読んだりもしている。

いつもはいない、七年も会ってなかった姉さんがそこにいるっていう感覚が何か不思議で、ちらちら見ながら考えていた。

姉さんの足下には大きなボストンバッグがある。ということは、しばらくこっちにいるということだ。長い休暇を取ったのならそう言うだろうし、それなのに実家に帰らないのは変だ。いくら父さんには会いたくないとはいっても、一日ぐらいは母さんのために顔を出すはず。

（何かがあったんだろうな）

東京で何かがあって、姉さんは札幌の、僕のところに来た。

八時を回ると忙しかった厨房も一息つける。

冷蔵庫や保管ケースを確認して、足りなくなったスパゲティのソースや食材を確認して、必要だったら明日のために仕込みもする。もう少し経ってからは、早番のために足りない食材の注文票もつける。ホール担当はテーブルに置いてあるシュガーポットを点検したりコーヒーメーカーの掃除や豆を調べる。ソフト担当も後ろの棚に並んでいるいろんな種類の瓶(びん)をきれいに拭いたり、ソフトドリンクの材料で明日の朝に足りないものをチェックしていく。

それぞれに同じような仕事をしながら、のんびりと会話をしたり、厨房の奥にしゃがみ込んで一服したりもするんだ。

「じゃあ、幸平。先に帰ってるから」

姉さんが立ち上がった。部屋の鍵も住所のメモももう渡してある。

「うん」

財布を出そうとしたから、いいよって手を軽く振った。

「今日はおごり。次から払って」

　姉さんが、小さく笑った。

「あんたにおごってもらえる日が来るなんて感激だわ」

　十時半過ぎに、五卓に座っていたスーツを着たサラリーマン風の最後のお客さんが帰っていった。ナオキさんがレジをして、「ありがとうございましたー」って言ってから表の行灯(あんどん)のスイッチを消してホールに出た。

「今日は閉めるか！」

「オッケー」

　大分前から閉めるための後片づけを静かにしていたけれど、その声で遠慮なく始める。テーブルを拭いたりホールの床を掃除したりするのは早番の仕事。遅番は厨房やカウンターの床を水を流して掃除したり、エプロンやダスターを洗濯したりする。いちばんベテランのナオキさんはレジを締める。売り上げが合わないと困るし、最後には売上金を夜間金庫に預けるから大事な仕事だ。

　僕とブチョウさんが手際よくいつものように掃除をする。洗剤の匂いが立ちこめて、ナオキさんが好きなカセットを流す。今日はマイケル・フランクスの柔らかな声が流れてきた。

「はい、コーヒー」

「サンキュです」

デキャンターに残っていたコーヒーをブチョウさんがカップを三つ出して注ぐ。この時間になると古い方は少し時間が経っているのでお湯で割ったりすることもある。

毎日着る揃いのTシャツとバンダナは控室の洗濯カゴに入れておくと、事務員の進藤さんが洗っておいてくれる。ジーンズは自前だけど、それも入れておくと文句を言いながらも進藤さんは一緒に洗ってくれるんだ。

今夜はかなり忙しかったから、僕とブチョウさんが着替えて出てきてもナオキさんはまだカウンターに座ってレジの計算をしていた。その横に二人で座って、コーヒーを飲んで、煙草に火を点ける。紫煙がお客さんがいない店に流れていく。

毎日思うけど、この時間がけっこう好きなんだ。

仕事は楽しいけれど、それなりに疲れる。お客さんがいる間は感じない疲労感がすーっと浮かび上がってきて、身体(からだ)の中に怠(だる)さが生まれる。

煙草を吸いながら、余ったコーヒーを飲みながら、あれはどうしたとかあの子は今日来なかったとか、今日あったことを皆で話して軽く笑ったりするこの時間が心地よいって思う。将来どんな仕事をするなんてまだまるっきり考えていないんだけど、できれば、毎日こんな風に今日も終わった、っていう満足感を味わうような仕事がしたいって思ってる。

「オッケー。合った」

ナオキさんが声を上げて、現金とノートを袋にしまって、Tシャツを脱いで煙草に火を点けた。高校時代は空手部だったっていうナオキさんはけっこう身体も筋肉質ですごいんだ。

「姉さん、部屋で待ってるんだろ?」

ナオキさんが言う。

「そうですね」

帰り際、姉さんはナオキさんとブチョウさんに丁寧にお礼を言って、弟をよろしくお願いしますって挨拶していった。

「似てるよなー、コウヘイに」

「小さい頃からよく言われた」

「お母さん似? お父さん似?」

「母親みたい。僕の顔の形は父親らしいけど」

「久しぶりだって言ってたけど、東京で仕事してるからなかなか帰ってこられないの？」

　ブチョウさんが訊いた。

「七年ぶりなんですよ」

「七年⁉」

　ナオキさんが眼を丸くした。ブチョウさんも驚いていた。

「え、ってことは」

　ナオキさんが指を折りながら数えた。

「お姉さんが高校卒業して東京に行ってから、まったく会ってなかったってことか？」

「そうですね」

　正確には一度帰ってきたんだけど、ちょうど僕は外出していたので会えなかった。ナオキさんとブチョウさんが顔を見合わせた。煙草を吸って、コーヒーを一口飲む。

　掃除も全部終わった店内。カセットもさっき音がして片面終わったので、店の中にはブーンっていう冷蔵庫や冷凍庫が出す音しか流れてこない。たまに、製氷機からガラガラガラッって、氷が出来上がって落ちてくる音も響く。

「それは、どうなんだ」

ナオキさんが真剣な顔をした。

「あまり普通じゃないよな。俺たちが事情を訊いていいことか？」

ナオキさんが言うと、ブチョウさんも小さく頷いた。

「お姉さんは、本当に普通というか、僕らにもきちんと挨拶してくれて、ちゃんとした社会人だったよね」

「まぁ、そうですね」

僕にしてみれば、姉さんが実家に寄りつかなかったのは納得できることだったので、あまりそんな風に考えたことはなかったんだけど、確かに七年間も会わない姉弟というのは珍しいかもしれない。

「でも、僕と姉さんの仲が悪かったとか、そんなんじゃないんですよ」

煙草を取り出して火を点けた。ナオキさんはセブンスターでブチョウさんはマイルドセブン。僕はマールボロだ。

「たまたま六歳も離れていたから、姉さんが高校を卒業して家を出てから僕が家を出るまでに、それぐらいのタイムラグがあったというだけで」

「でも、実家に帰ってこなかったってことだよな？　お姉さんが」

「そうです」

東京に行く前の晩に、姉さんは僕にだけ言った。

〈家にはもう戻ってこないつもりだから〉

あのときの表情を、僕はまだ小学校の六年生だったんだけど、よく覚えてる。

「親父が、ものすごく厳格っていうか、厳しいんですよ」

厳しいって理解したのは中学生ぐらいになってからなんだけど。

「どれぐらい厳しいんだ」

「姉さんの高校生の頃の門限は六時でした」

「ろくじぃ？」

ナオキさんが大きな声を出して驚く。

「それじゃ部活もできないよね」

ブチョウさんが言う。

「そうなんです。だから姉は中学高校と部活やったことないんです。毎日学校が終わるとまっすぐに家に帰ってきてました」

「コウヘイは？　門限あったの？」

「いや、僕は全然。男の子だからって普通に部活やってましたよ」

あぁ、ってナオキさんが頷いた。

「バスケやってたんだもんな」

「そうそう」

「親父さん、仕事なにやってんの？」

「市役所の職員です」

あぁ、ってナオキさんは頷く。

「お堅い公務員さんの典型的な感じなのか」

お堅いだけならいいんだけど。

「姉さんが高校生の頃は、僕はまだ小学生だったからあまりわかんなかったんですけど、姉さん、かなり反発していたんですよね。そんな親父に」

本当の理由は違うところにある。姉さんの口から聞いたことはないんだけど、姉さんが家を出てからしばらく経って、それこそ僕が高校生になってからようやく理解した家の事情。

でも、それは気軽に他人に話せるようなことじゃないんだ。

「まぁじゃあ、お父さんとの折り合いが悪くて、全然実家に帰ってこなかったって感じか」

ナオキさんが、何かを感じてくれたみたいに話を終わらせてくれたので、僕も頷いた。ナオキさんとここで知り合ってもう一年以上経つけれど、お客さんにも友達にも人気があるっていうか、人望っていうのがあるのが本当によくわかってきた。

ナオキさんはとことん優しくて、同じぐらいに豪快なんだ。どんどん人の心の中に踏み込んでくるけれども、それが全然嫌じゃない感じ。こんな人もいるんだな、やっぱり世界って広いんだよなって大げさだけどそう思った。

「そんな風ですね」

そう言ったら二人とも頷いた。

「お姉さん、しばらくいるんでしょ？　コウヘイの部屋に」

ブチョウさんが訊いた。

「そう言ってましたね」

「じゃあ、岡本さんに言ってシフト変えてもらえばいいよ。お姉さんの都合も聞いてさ。せっかくなんだから、一緒に過ごす時間があった方がいいでしょ」

「そうですね」

そうした方がいいかもしれない。姉さんに何かあったのは確実なんだろうから。

　さぁじゃあ帰るか、って腰を上げたときに、入口をノックする音が聞こえた。ガラスの向こうでヒロコちゃんが手を振ってるのが見えたので、いちばん近くにいた僕が鍵を開けた。

「こんばんは。終わった？」

「終わったよ。もう帰るところ」

　ニコニコしながら入ってくる。すらりと手足が長くて、瞳がびっくりするぐらい大きくて、日本人とは思えない美しさを持った高校三年生のヒロコちゃん。クラシックバレエをずっとやっていたせいなんだろうけど、姿勢もすごくいいから立っているだけできれいだなって思ってしまうんだ。

「ナオキ、今日いい？」

　ナオキさんが、ちょっとだけ唇を歪(ゆが)めたけど、うん、って頷いて笑った。

「いいよ。一緒に帰ろう」

　着替えて、煙草を消火バケツに入れてきちんと消えたことを確認する。照明を全部消して、鍵を締める。入口の鍵を持っているのはバイトの中でもチーフ格のナオキさんとカンジさんだけ。二人のどっちかが入らない日は誰かが鍵を預かる。大体はカンジさんが早番でナオキさんが遅番なんだ。

　僕は自転車を置いてあるから、先に暗い階段を二段飛ばしで事務所まで上がっていって、自転車を担いで下りてくる。ビルを出たところで皆が待っていてくれた。

　駅前通は大分人通りは減っているけれど、すぐ向こうのススキノの辺りは賑やかだ。今日は六月にしては暑かったから、まだ気温が高く感じる。何もなかったらこのまま三人でススキノに行って夜食を食べたり、常連さんやバイトのＯＢがやっているパブやバーに行って飲んだりもするんだけど、今日はこのまま解散だ。

　僕は姉さんが部屋で待っているし、ヒロコちゃんが来た。

「じゃあな」

「お疲れさまでーす」

　ナオキさんがススキノに向かって歩き出して、ヒロコちゃんがニッコリ笑いながら僕たちに手を振って、小走りでナオキさんの身体にぶつかるようにして腕に腕を絡(から)ませた。

　二人の背中を僕とブチョウさんは少しの間見てる。ブチョウさんのアパートは北二十四条だからそこの階段を下りて地下鉄で、僕は自転車で水車町まで。

　ブチョウさんが、小さく息を吐いたのがわかった。

「どうなるんですかね、あの二人」

言ったら、頷いた。

「うん」

ブチョウさんの唇が歪む。

「どうにもできないんだけどね」

心配そうに、少しだけ悔しそうに言う。ブチョウさんとナオキさんは年齢こそ違うけど同じ大学で同じ学部。おまけに故郷も同じ稚内（わっかない）なんだ。仲も良いし、一時期は一緒に暮らしていたこともある。

だから、人一倍心配しているんだ。ブチョウさんはナオキさんのことを。もちろん、ヒロコちゃんのことも。まだ高校生なのに、こんな遅い時間に一人で出歩いて、明日も学校があるのにナオキさんの部屋にも泊まっていくヒロコちゃん。

皆が心配しているんだけど、どうしようもないんだ。

## 二

なんとなく予感、というか気配がしてカレーをすくったスプーンを口に運ぶのを止めて一瞬身構えたら、やっぱりスパーンと頭の上を叩かれた。

「よっ、年上殺し」

恭子さん。お盆を僕の席の横に置いて、椅子を引いて座った。B定食にしたのか。二日連続で学校で会うのも珍しいし、学食で会うっていうのもひょっとしたら初めてかもしれない。

「恭子さん」

「なぁに」

「あれ、姉なんですよ」

「お姉さん？」

真ん丸い眼をさらに丸くして恭子さんが僕を見る。それから箸を持っていただきますと手を合わせた。

「実のお姉さん？」

思わず笑ってしまった。

「何で我が家を複雑な家庭にするんですか。実も義理も隠し子もなく、姉貴は一人しかいません」

へぇぇそうだったんだぁ、って言いながらB定食のアジのフライを摑んで一口ぱくりと食べた。

「そういえば、ちらっとしか見てないけど雰囲気が似ていたかもね」

「似てるって言われますよ」

恭子さんと隣り合った右腕の辺りの気温が少し上がったような気がする。

（私、何故か体温高いんだよね）

布団の中でそう言われたのをまだ覚えてる。

「じゃあ弟のところに遊びに来たの？」

東京で働いていて、休暇だかなんだか知らないけど突然やってきて、今は僕の部屋にいるってことを軽く説明する。

姉さんは、昨夜は疲れたと言って詳しいことは何も話さないで早くに眠ってしまって、今朝は僕より早く起きて朝ご飯を作ってくれた。作ったといっても目玉焼きとサラダとトーストぐらいだけど。僕は一限目から講義があって、それからまっすぐバイトに行くけど姉さんはどうするのかって訊いたら、適当にふらふらしてるって。後で店に来ると言っていた。

「仲、いいんだね」

恭子さんがほんの少し微笑んでそう言った。その言葉の向こうに何かを感じて、ちょっと恭子さんを見つめてしまったら、唇をへの字にした。

「しまった」

「何がしまったんですか」

軽く、左肩をぶつけてきた。

「うっかりしてた。コウヘイそういうのに敏感だって忘れてた」

「そういうのって」

よくわからないけど。

「ひょっとして、恭子さんにもきょうだいがいて、仲が悪いんですか？」

うーん、って唸(うな)りながら味噌汁(みそしる)を飲んだ。僕もカレーの最後の一口をすくって口に運んだ。学食のカレーは不味(まず)くはないんだけど、もう少し辛さが欲しいなぁっていつも思う。それでも、カレーライスが好きなのでついつい食べてしまうんだけど。

「兄がいるのよ」

「お兄さん」

「三つ上」

「じゃあもう社会人ですね」

恭子さんは四年生。来年はもうこの大学からいなくなる。院生になるなら別だけど。

「社会人ね。立派な」

そう言ってから、あぁもういい、って首をぶるんと振った。

「私の家族の話は終わり。とにかくいつまでかはわかんないけどお姉さんが部屋にいるのね。そしてお姉さんは東京の商社で働いているのね」

そのはずだ。実際働いているとこを見たわけでもないし、いきなりやってきたんだから、ひょっとしたら何か事情があって会社を辞めてきたんじゃないかっていうのもちらっと考えたんだけど。

恭子さんが、うん、と頷いた。

「お姉さん、後で〈D〉に来るんでしょ？」

「そう言ってましたね」

遅番で入るのは知っているから、午後四時以降に顔を出すんだろう。

「じゃあ、来たら部屋に電話ちょうだい。あ、その前に〈D〉に行くかもしれないけど」

なんでまた、って訊いたら僕の顔を見た。

「東京で商社で働いているって、わりと私の理想なの。将来の参考に少しお話しさせてほしい。いい？」

「それはまぁ」

僕の関与するところではない。姉さんがいいと言えばそれでいいし、ひょっとしたら姉さんもいい暇つぶしになるかもしれない。


いつものように講義が終わってそのまままっすぐ自転車で〈D〉に向かう。雨の日も風の日も自転車。地下鉄に乗るのはお金がもったいない。さすがに雪が積もっちゃうと、去年やってみたけど自転車での通学は無理だった。できないこともないけれど、確実に歩いた方が楽なんだ。

アパートの家賃と学費は、旭川にいる親に仕送りしてもらっている。生活費も送ってくれているけれど、実は〈D〉でバイトしていると食費はあまり掛からない。晩ご飯は店でまかないを食べるし、その日に使わなかったパンは持ち帰っていいことになっている。その他にもキャベツの外側の葉とかくず野菜とか、とにかくお客さんに出せなくなった食材はバイトが自由に使っていい。

店長の岡本さんは、地方から来て一人暮らしをしているバイトのために、そういうものを使っていろんな料理を作っておいてくれる。煮物とか漬物とか、冷蔵庫に置いとけば二、三日や四、五日は持つもの。それは店で食べてもいいし、部屋に持ち帰ってもいい。少しでも生活費を節約して、仕送りしてくれるお父さんお母さんを楽にしてやれっていうのが口癖なんだ。

「おはよっす」

〈D〉のドアを開けてそう言って店の中を見る。今日の早番のソフトはカンジさん、厨房がコンタさん。ホールにはミッキー。皆が「おいっす」とか「おはよう」とか適当に声を上げる。控室のドアを開けたら一緒に遅番のエドがもう来ていて、丸椅子に座って煙草を吸いながら新聞を読んでいた。

「おはよ」

「おはよう」

アルバイトの控室兼倉庫。壁には棚が並んでいて調理に使う缶詰やスパゲティの麺(めん)や調味料その他もろもろがずらっと並んでいる。僕らバイトは一番奥の二畳分ぐらいのスペースで着替えたり煙草を吸ったりして出番を待つ。別にここで待たないで、カウンターのいちばん奥で座っていてもいいんだけど、常連さんが来たら席を譲るから大抵はここでぼんやりしてる。

「お姉さんが来たとか」

エドが新聞から眼を離さないまま言った。

「そう」

「コウへイって、なんか年上の女が似合うよね」

「なんで？」

顔を上げて笑った。

「何となく。ほら、老けて見えるからじゃないかな」

「落ち着いて見えるとでも言えよ」

まぁそう、ってまた笑う。そう言うエドはまるで女の子みたいな可愛らしい顔をしているんだ。身体つきもきゃしゃで細くて、髪も肩まで伸ばしているからよく女の子に間違えられてナンパされたりもする。偶然にも同い年で同じ大学で同じ学部なのに、校内でエドに会うことはあまりない。

エド。江渡川進。札幌生まれの札幌育ち。お父さんは自衛隊の人で自衛隊官舎でずっと育ったそうだ。

ミュージシャンになる。

エドはそう言ってるんだ。ライブハウスで歌うエドを、僕たちは何度も観に行ってるけど、実際にすごく才能があると思う。エドの声はなんか独特で他の誰にも似てないし、作っている曲も良い曲がたくさんある。控室の壁に立て掛けてあるギターケースはエドのものだ。カバンは持たなくてもこのギターはいつでも持ち歩いている。

「おっす」

ドアが開いてナオキさんが入ってきた。ドアが閉まる直前にヒロコちゃんの姿がちらっと見えたから、一緒に来たのかもしれない。ということは、またヒロコちゃんは昨夜からずっとナオキさんといて学校に行かなかったんだろうか。それとも学校が終わってから待ち合わせて一緒に来たのか。

「あれ？　今日エドだったか？」

「そうですよー」

八人で回している〈D〉のシフトだけど、その中でもエドはどっちかといえばサブ扱いになってる。いつでもシフトに入れるようにはなっていない。それはエドが自分のライブや、コンサートのアルバイトなんかでいないことが多くなるからだ。

三人であれこれくだらないことを話しながら制服のTシャツに着替える。それぞれが別の色のバンダナを首に巻く。ナオキさんは黄色でエドは赤で僕は黒にした。別に同じ色でもいいんだけど、その辺は趣味で。

四時になったら、早番の連中と交代。ナオキさんが先頭に立ってドアの前で待機して、腕時計を見ながら四時になるのを待っている。

これも、別に厳密にする必要はまったくなくて、適当な時間に普通に出ていって静かに交代してもいいんだけど、ナオキさんの趣味で四時になると同時に勢い良く飛び出していく、というのが遅番の伝統になっている。

「おし、四時」

ナオキさんが言って、控室のドアを勢い良く開ける。店の中に飛び出す。

「おはようございます！」

大きく明るい声を出す。

店の中には必ず何人かのナオキさんのファンがいるから、そういう女の子たちの小さな歓声が上がることもあるんだ。もう慣れているけど後から続く遅番の僕たちはちょっと恥ずかしいなと思いながら、それぞれの持ち場につく。

今日はナオキさんがソフトカウンター、エドがホール、僕は厨房だ。

どこの場所が仕事がきついとかは、そういうのは慣れてしまえばあまり関係なくなる。強いて言えば下準備とか仕込みというのがほとんどないホールは楽と言えば楽だけど、常にお客さんの様子を見ていなきゃならないから、厨房やソフトみたいに奥に入って一服ということはあまりできない。

　厨房でコンタさんが待っていた。今田（こんた）昭（あきら）さん。

　コンタさんはＳ大の三年生。アルバイトの中でいちばん背が高い。高校時代は野球部でエースピッチャーとして甲子園一歩手前まで行ったんだ。今も草野球のチームに入っていて朝どこかで野球をしてきてそのまま早番に入ることもよくある。

「ミートソースが切れるんで今仕込み中。残りはあと五食ぐらいかな。このまま閉店まで煮込んで終了」

「了解」

「他のソースは全部オッケー。ベシャメルだけが少ないけど、たぶん今晩は持つと思う。なくなったらオーダーストップして明日の早番に任せていいんじゃないかな」

「そうだね」

「野菜もそのままでオッケー。あー、ピザクラスト十枚しかないか。一枚も出なかったらいいけど、どうしよ」

「いいですよ。なくなったら仕込んでおきます」

「すまん。あと冷蔵庫に常連さん差し入れのチーズケーキがあるから皆(みんな)で今日中に食べちゃって」

「了解です。お疲れ様です」

「あとよろしくー」

いつものように簡単な引き継ぎ。一年以上バイトを続ければお互いに何も言わなくても見れば大体わかるようになる。

ミートソースを仕込んだ大きな寸胴鍋がガス台の五徳の上に乗っかっている。放っておくと鍋の底に焦げ付くことがあるから、気を抜かないで巨大なへらでじっくりゆっくりかき回す。忙しくなってくるとオーダーを上げるのと仕込みを一緒にやらなきゃならないので戦争みたいになるんだけど、これも厨房の仕事。

それに、その忙しさに慣れちゃうと、忙しい時間が楽しくなるんだ。僕らはこれを〈バイターズ・ハイ〉って呼んでる。〈ランナーズ・ハイ〉と同じだ。アドレナリンが出まくってとにかく忙しく仕事をこなしていくのが楽しくて仕方がなくなる。

毎年十二月三十一日から一月一日、〈D〉ではオールナイトで年越し営業をするんだけど、そのときにはアルバイトがほぼ全員徹夜で働くから、かなりハイになってる。もっともその日だけはアルコールも入るから余計になんだけど。

「コウヘイ」

店長の岡本さんがシフト表を手にしながら厨房に入ってきた。

「お姉さん、しばらく部屋に泊まっていくんだって？」

「そうなんです。いつまでかは全然わかんないですけど」

そうか、って少し微笑んで頷いた。

「シフト、どうする？　ちょうどエドも来てるから、交代できるところはしてもいいんだが」

そうなんだ。昨日ブチョウさんも言ってたけど姉さんの相手をした方がいいのかどうか。

「訊いたんですけど、別に気にしないで好きにやってって姉は言ってたので」

「そうなのか」

「もし何かあったら、その都度誰かに相談してみます」

「わかった。そうしてくれ。じゃあ一応〈ドール〉と〈ロード〉には連絡しておくから。お前からシフト交代の話があったらよろしくって」

「すみません、お願いします」

ポン、と肩を叩いて岡本さんが笑う。〈ドトル〉も〈ロード〉も同じ大学生のバイトばかりだけど、数に余裕があるんだ。

「たまに姉弟でのんびりするのもいいもんだぞ」

優しい岡本さん。ここでバイトして一年過ぎたけど、岡本さんが怒ったり声を荒らげたりするのを見たことない。優しいけど、あの社長の榊(さかき)さんとも堂々と渡り合って対等に話したりもしている。奥さんと子供がいるから、僕らとプライベートで飲みに行ったりすることはほとんどなくて、いつも一緒に仕事しているわりにはけっこう謎の人でもあるんだ。

「ボクね」

エドがホールから言ってきた。

「しばらくはコンサートのバイトもないし、けっこう自由利(き)くから交代するならいつでも言って」

「サンキュ」

カウンターの端にはさっきからずっとヒロコちゃんが座ってニコニコしている。こういうバイト同士の内輪話もそこに座っていると全部聞こえてしまうんだ。

「お姉さん、すっごく美人だったよね」

「そう？」

　実の姉だからあまりそういう感覚は持てない。そういうヒロコちゃんこそ高校生とは思えないほど大人っぽくて美人なんだけど。

「ワタシも東京行きたい」

　白いコーヒーカップを手にして、コーヒーを一口飲んでそう言った。ヒロコちゃんはいつもアメリカンでブラックだ。

「卒業したら、行こうと思えば行けるんじゃないの？　大学でも就職でも」

　ミートソースを掻(か)き回してきてから答える。

「でも、別に大学行きたいとも思わないし、何をして働けばいいのかもわかんないし」

　ほんの二年前は僕も高校生だった。そして大学で何を勉強すればいいのかも、将来は何をするのかも決めないまま、大学に受かって札幌に来てこうしている。

「僕も、いまだに将来なんかわかんないよ」

「あれ、だってコウヘイさんはすっごい文才があるんでしょ？　小説書いてて何かの賞を取ったんだもん」

「あれは、たまたまだし、そんなに大したものじゃないから」

　そんな風に言うと怒られるかもしれないけど、地元の新聞社がやってる文学賞の佳作に入ったというだけだ。ものすごいマイナーで話題にすらならない。それでどうにかなるもんじゃないし、小説を書いて暮らしていけるなんて思えない。

「まぁ文章を書くような仕事に就ければいいかなとは思うけどね」

「出版社とか、新聞社とか、そういうの？」

「そんな感じ、かな？」

　いいなぁ、ってヒロコちゃんは溜息をつく。

「ワタシも目標が欲しい」

　いつも、思うんだ。ヒロコちゃんは本当に不思議な子だって。

　それは皆が言ってる。ナオキさんのことが大好きで、昨日みたいに夜中にやってきてナオキさんの部屋に泊まったりする。そのくせ、店ではナオキさんの正面に座って彼女のようにべったりとふるまったりしない。お仕事中だからって言って、ナオキさんが他のお客さんの女の子たちと楽しそうにしているのを邪魔したりしない。

　話すことはいつも真面目だ。自分の将来を考えたり、政治や経済や事故のニュースに敏感に反応して自分の意見を言ったり、他の常連の女の子の相談に親身になったりしている。

今どきの高校生にしてはかなり鋭い見解も持っているし頭もよく回る。なのに、夜中に出歩いて外泊したりする。いったいヒロコちゃんのお父さんお母さんはどうしているんだろうと皆が話すんだけど、その辺は教えてくれないし僕らも踏み込めない。仲の良い常連の舞ちゃんやカナちゃんは同い年だけど学校が違うから、詳しくは知らないらしい。

「あ、お姉さん来た」

入口が開く音がして、見ると姉さんが入ってきた。

「ワタシ、移るね」

「いいよ別に」

いいからいいからってニコニコしながらヒロコちゃんは奥の壁際のソファ席に移る。自分でコーヒーカップを持っていく。エドが気がついて新しいお冷(ひや)をヒロコちゃんに持っていって、カウンターを拭いて片づける。

姉さんは、あぁこの子は昨日も見たわって感じでヒロコちゃんに少し会釈をして、カウンターに座った。

「はい、鍵」

ジーンズのポケットから鍵を出してカウンターに置いた。

「もう使わないの？」

今夜はどうするんだ、と思ったら、姉さんは笑った。

「合い鍵作ったから」

あ、そう。

「いいけどさ」

そうだ。姉さんは、家にいるときもこんな感じだった。自分で何でもさっさと勝手にやってしまって、後から少しも悪びれないで言う。

「布団も新しいの買っておいたから。私の」

「そうですか」

「あと衣裳ボックスもひとつ買って押し入れに置いたので、触らないでね」

「はいはい」

昨日、布団が男臭いとか私の服を入れるスペースがないとか文句を言ってたから、そんな気はしていたんだ。ヒロコちゃんがその会話を後ろで聞いてくすくす笑っていた。

お客さんがどんどん入ってくると、常連さんたちと話している暇もなくなる。特に厨房はオーダーをこなしたり、足りなくなってくるものを補充したりして、夕食の時間が過ぎるまではほとんど働きづめになる。

〈D〉は喫茶店といいながら食事のメニューが山ほどある。

ピザを焼きながらスパゲティを三種類同時に作り、セットのサラダを並べておいて、ハンバーグをこねて、ドリアのスタンバイをする。同じテーブルの食事のオーダーはどんなにバラバラでもほぼ一緒に出さないとならない。それはどんなレストランでも同じ、基本だ。こんな風にいろんな料理を同時進行で作れるようになるには、やっぱり最低でも二、三ヶ月は掛かるし、どんなに慣れても人それぞれ適性っていうのがあるらしくて、厨房を苦手とするバイトもいる。幸い僕は適性があったらしくて、どんなに面倒くさいオーダーでもこなしていける自信はある。

ホールを軽やかに歩き回って接客したりオーダーを運んでいるエドは、決して厨房には入らない。ギターやピアノを弾いたりする指を大切にしたいそうだ。ドジって庖丁（ほうちょう）で切ったりしたくないからだ。

姉さんは、昨日と同じように雑誌を読みながらコーヒーを飲んだり、煙草を吸ったり、そして食事をしたりしてずっといた。

うっかり電話するのを忘れていたんだけど、恭子さんがやってきて姉さんの隣に座った。

ちょうど忙しい時間帯だったので紹介することもできなかったけど、恭子さんが勝手に自己紹介したらしくて、姉さんと笑顔で挨拶するのは見えていた。そして、二人で楽しそうにずっと話しているのも。

そういえば、恭子さんと姉さんは似ているかもしれない。気の強いところも、何というか、いつも颯爽(さっそう)としているところも。

ふと気づくと、いつの間にかヒロコちゃんもカウンターに座って、三人で話し込んでいた。あぁ類は友を呼ぶのかなぁと思いながら、僕はフライパンを振ったり庖丁でキャベツを刻んだりしていたんだ。

ようやくズラリと並んだ厨房へのオーダーシートがいったんなくなったのは、午後七時を回った頃。

ふぅ、と息を吐いて、一服できるかなと思ったとき。それを見計らったのか姉さんが立ち上がった。

「幸平」

「なに？」

「ちょっと飲んで帰るから」

飲んで。

その隣で恭子さんもヒロコちゃんも立ち上がって、ニコニコしていた。並ぶとこの三人、ほとんど身長が同じだった。姉さんが少し低いか。大柄の女性三人。

「飲むって、ヒロコちゃんは高校生だからね」

「わかってるわよ。無茶させないわよ」

じゃあね、と、レシートを持ってひらひらさせながら歩き出す。恭子さんも「またね」と手を振る。ヒロコちゃんはナオキさんに何か言って、二人の後を小走りに追った。

「なんかねー」

三人が帰ったカウンターの上を片づけに来て、エドが笑った。

「めちゃくちゃ話が盛り上がってたよあの三人」

「意気投合?」

「そんな感じ。コウヘイが帰ったら酔っぱらって三人で部屋に寝てたりして」

それはちょっと勘弁してほしい。

十一時近くになって、最後に残っていたスーツを着た男性とちょっとホステスっぽい格好の女性のカップルが、妙に身体を密着させながらレジでお金を払って、上機嫌で帰っていった。

ススキノがすぐそこにあるせいかどうかわからないけど、閉店間際の時間になるとわりと変、というか、いろんなお客さんがやってくる。酔っ払いはもちろん、ヤクザ風の人も、ホステス風の人も。それでも〈D〉の客層はかなり良くて、店内で騒ぎが起こったりすることはほとんどない。

実は〈D〉でバイトをしていた先輩方が、ススキノで店を構えることもけっこうあるんだ。夕方ぐらいにはそういうOBたちがやってきて出勤前にコーヒーを飲んでいたりもする。お店に飲みに行ったり、話を聞いたりすると、昔はもっとぶっ飛んでいたんだなぁと思うこともある。今は平和になったよなんて言う先輩もいるんだ。

店内にはエドが入れたカセットのエリック・クラプトンが流れている。僕はロックにはそんなに詳しくないんだけど、エドが言うのには最高のギタリストで尊敬してるそうだ。音楽の話をするときのエドは、本当に眼が文字通りにキラキラしてるし、ものすごく可愛く見える。男の人に狙われることも多いらしいんだけど、まぁこれじゃあその気になってもしょうがないよなぁと皆で話すこともある。

いつものように閉店の片づけ。

早番が困らないように在庫のチェックをして、何もかもをきれいに掃除をしていく。

ミッキーなんかはここでバイトをするようになってから、料理も洗濯も掃除もきちんとできるようになって自分の部屋やたまに帰る実家でもするようになって、ご両親がいたく感激していたそうだ。まるで花嫁修業に出して立派になって帰ってきたみたいだって笑っていたって。

「コーラ、もらいまーす」

ホールの掃除が終わったエドが、コップにサーバーからコーラを注いだ。エドはコーヒーが飲めない。バイトが終わった後、飲み物は一杯だけ何でも飲んでいいことになってる。

「ナオキさんも飲みます？」

「あぁ、俺炭酸だけちょうだい」

「オッケー」

僕はデキャンターに残ったコーヒーをマグカップに入れて、少し煮詰まっているのでお湯を足す。コーヒー好きに言わせると、こんなコーヒーはドブみたいな味だっていうけど、わりと気にしない。

Tシャツを脱いで着替えて、椅子に座って煙草に火を点ける。

毎日毎日学校とバイトばかりで疲れないか？　って大学の同級生に訊かれたことがある。確かに僕らは毎日毎日大学とバイトの往復しかしていない。日曜ももちろん〈D〉で働いているから本当にずっとここにいるみたいなものだ。

疲れたなんて思ったことはない。もちろん自分で生活費を稼ぎたいからっていうのはあるけれども、〈D〉の仲間は皆優しいし楽しいし、友人や先輩としてもいい人たちばかりだと思ってる。

だから、実際に本当に毎日が楽しいんだ。皆で一緒に働くことが。

系列の店の〈ドール〉や〈ロード〉〈M〉にも同じ大学生のアルバイト仲間はいる。そこも同じだ。店の雰囲気がそれぞれに違うから若干集まっているメンバーにも違いはあるけど。

岡本さんが言っていたけど、社長の榊さんがすごいのは若い連中の資質を見抜く眼力だって。アルバイトの面接をして決めるのは当然全部榊社長だけど、ここの店にはこいつがいいと配置してそれを間違ったことがない。つまり、バイト同士の雰囲気が悪くなったりすぐに辞めてしまったりすることがまずないそうだ。

レジの計算をしていたナオキさんが、パン！　と手を打つ。打って炭酸を一口飲んで、煙草に火を点けた。今日も計算はぴったり合ったらしい。

時計を見た。もう十一時を回っている。

「まだ飲んでるのかな、あの三人」

ナオキさんが少し笑いながら言った。

「どうなんですかね」

閉店時間は知ってるんだから、戻ってこないし電話も掛かってこないってことはもう解散して家に戻ったのか、まだ飲んでるのか。

「姉さんは酒強いのか」

全然わからない。

「一緒に酒飲んだことなんかないですからね」

あぁ、そうだったなってナオキさんが頷く。

「恭子さんはめっちゃ強いよねー」

エドが笑った。

「そうそう、あいつはバカみたいに強い」

「ヒロコちゃんって、お酒強いんですか？」

訊いたらナオキさんがちょっと苦笑いした。

「そんなに飲ませたことはないけど、まぁ普通なんじゃないか」

「そういえば」

エドがちょっと首を傾げさせた。

「ヒロコちゃんこの間〈イン&ヤン〉のライブに来てたんですよ。学校の友達と一緒みたいだったけど」

あ、そうなの、と二人で頷いた。〈イン&ヤン〉はこの南三条通を西に行ったところ、南三西六にあるジャズ喫茶兼ライブハウスだ。普段はジャズ喫茶なんだけどライブに関しては何でもありのところで、エドもそこでよく歌ってる。マスターの坂崎さんは、札幌では知る人ぞ知る音楽業界の草分け的存在らしい。うちの社長とも仲が良いみたい。

「そしたらさー」

そう言ってからエドはちょっと顔を顰めた。

「これ、言っちゃっていいのかな」

「なに」

「ヒロコちゃん、途中で誰かに連れ出されたんだよね。無理やり」

無理やり？

「誰かって、誰」

訊いたらエドは首を振った。

「わかんないよ。ボクはステージの上で歌ってたんだから。なんかスーツを着たおっさんぽかった。騒ぎはしなかったけど、あきらかにヒロコちゃんイヤそうな顔をしてたけどぐいぐい引っ張られてさ。友達と途中で帰ってった」

あれでもし騒いだら演奏を止めてたってエドは言う。ナオキさんを見たら、ちょっと肩を竦めた。

「何となく、わかるな」

「わかるの？」

小さく頷いた。

「たぶんボディガードだ」

「ボディガードぉ？」

エドと二人で声を揃えてしまった。なんだそれ。ナオキさんが唇をへの字にしながら立ち上がって、Ｔシャツを着替えた。

「たまに見かけるんだよな。あいつと一緒にいると。なんかそういう警備会社のガードマンみたいだぜ」

「警備会社」

どうして高校生に警備会社のガードマンがつくんだ。僕とエドが顔を見合わせてたら、ナオキさんが何か思いついたような顔をした。

「ちょっと行ってみるか？　ヒロコの家」

「え？」

ヒロコちゃんの家？

「これから？」

「実はすぐそこなんだぞ。その後に〈みよしの〉でギョウザ食べて帰ろうぜ」

ナオキさんは歩きだけど、僕とエドは自転車。なので僕の自転車の後ろにナオキさんが立ち乗りして指示を出す。

「東屯田通（ひがしとんでんどおり）、知ってるか？」

「東本願寺のところ？」

「そうそう、そっちに向かって」

人通りが多いススキノは通らないように南三条をまっすぐ西に向かって七丁目まで走ってそこから南へ。電車通を過ぎた辺りはススキノでも外れの方になって、渋い店もあるけれど怪しい店も多くなってくる。怪しい店もあれば危ない人も多くなるんだけど、実はこの辺は古い住宅街でもあるので、普通の人も住んでる。

「この辺、前にカンジさん住んでたよね」

エドが後ろから少し大きな声で言う。

「そうそう」

何度か泊まりに来たことがあるけれど、本当に不思議な雰囲気だった。場所柄、やの字がつくような職業の人や、ホステスさん風の人と、普通のおばあちゃんが一緒にスーパーでお買い物をしてたりする。

「そこ右入って停まれ」

ナオキさんがそう言うので、右に曲がったところで停まった。

「ここ?」

エドが少し大きな声を出して、ナオキさんが頷きながら後ろから降りた。びっくりした。こんなに塀が長く続いている家を僕は初めて見た。

「どんだけデカイの?」

エドが小さく言った。札幌の中心部の一区画は、だいたい百メートルで碁盤の目のように区切られているって聞いている。それは本当にそうで、たとえば南一条の端から南二条まで走ればそれは百メートル走ったことになるんだ。

眼の前の家の白い塀は、その一区画全部にあった。もちろん中は見えないけれど、大きな木がたくさん繁っているのはわかる。

「玄関、どこ?」

エドが言うとナオキさんが指を差した。

「西向き」

自転車を押しながら歩いていく。延々と続く白壁に沿って次の区画まで行って左に、つまり南に向かって曲がるとその向こうに確かに門があるのがわかった。そして塀はずっと続いている。つまりおおよそだけど。百メートル×百メートルで。

「一万平米の敷地の家が自宅?」

「一ヘクタールじゃん。違ったっけ」

エドが言ったけど僕もナオキさんも首を捻った。その辺の単位計算は全然覚えてない。習った記憶もない。農家の子ならすぐにわかるんだろうか。

「あそこが玄関」

確かに門がある。でも敷地の広さのわりにはこぢんまりとした門だ。木でできた門柱があって昔の時代劇の建物みたいな扉がついている。インターホンもあって、古びた表札には確かに〈三上〉って書かれていた。

ヒロコちゃんは、三上博子って名前のはずだ。

「この家に、あいつほとんど一人なんだぜ」

「一人って」

「どういうこと？」

行こうかってナオキさんが歩き出した。その横に慌てて僕らは並んだ。街灯が照らす住宅街の道路。車は全然通らない。僕たちは三人横に並んで、僕とエドは自転車を押しながら車道をずっと歩いていた。ここをまっすぐ行けばススキノの中心部に入っていく。

「お父さんってのは会社の社長さんさ。ほら、あそこの」

ナオキさんが言ったのは大きな建設会社だ。

「名前ぐらいは知ってるだろ？」

「知ってる」

エドが頷いた。

「お父さんは社長だけどお祖父さんが会長でそのまたお祖父さんは創業者で、要するに代々続くめっちゃ大きな会社のお嬢様が、ヒロコ」

「うわ」

そうだったんだ。

「確か、開拓時の政界にもいましたよね、ここの人」

そうそう、ってナオキさんが頷いた。

「北海道の政財界の重要人物ばっかり。うちの社長なんて、ここに比べれば吹けば飛ぶような存在さ。なんたってあのビルもここの持ち物だもんな」

「大家さんだったんだ」

まぁ、って言いながらナオキさんが煙草をジーンズのポケットから出して、火を点けて吹かした。煙が風にながれていった。

「そんなんで、とにかく大事に育てられたんだけど、親の愛情はまるっきり感じたことがないってヒロコは言ってたよ」

「それは、どういう意味で」

「いつも一緒にいてくれたのは、家で働いている人たち。昔風に言えば乳母（うば）とかお手伝いさんとかそんな人たち。お父さんもお母さんも家にいるのをほとんど見たことなくってさ。あいつの部屋も離れの家だって」

「離れ」

エドが冗談っぽく笑いながら言った。

「あそこならきっと離れも一軒家なんだろうねー」

「その通り。ヒロコの住んでる離れに俺たち全員住めるぜ。部屋数が十あるから」

「じゅう！」

そんなのは物語の中だけでしか見たことなかったけど、そういう暮らしをしている人が身近にいたんだ。

ヒロコちゃんが。

ナオキさんが、大きく息と煙を吐き出した。

「あいつが〈D〉に顔を出したのはまだ中三の頃だったよ。俺が早番で上がろうとしたら、制服でいきなり入ってきてさ。もちろん、制服じゃあ入店はできないから って帰ってもらおうと思ったんだけどさ」

「中三ってことは、三年前だから、ナオキさんは」

「俺も二十二だな。正真正銘の四年生だった頃」

苦笑いした。

「あいつ、いきなり泣き出したんだ。あの入口のレジのところで」

「泣き出した」

「もうボロボロボロボロボロ。なだめようが何しようが動かなくてさ。しょうがなくてさ。たまたま俺がコインランドリーで洗濯したばかりのジーパンとトレーナー持ってたから、控室で着替えさせて、カウンターの端っこに一緒に座って、中学生じゃコーヒーは飲まないかと思ったけど、俺が飲んでるのと同じのがいいって言うから、アメリカン飲ませて。ブラックで」

それからだよなって呟いた。

「あいつが俺を、親みたいに思うようになったのは」

「親？」

ナオキさんが、肩を竦めた。

「ヒヨコがさ、眼を開けたときに最初に見た動くものを親だと思ってついて歩くだろ？　あれと同じだよ」

# 三

バイトの帰りに何か食べてから帰るかって話になると、大抵は〈鶴貴〉っていう蕎麦屋か〈みよしの〉のギョウザだ。他にもいろいろあるんだけど安くて美味しくてお腹一杯になるっていうのが基本。特にススキノの〈みよしの〉には〈D〉のOBの西さんが夜働いているんで、僕らが顔を出すとかならずギョウザ一個をおまけしてくれる。

「ちわっす」

西さんに挨拶して、ちょうど空いていた一番奥のテーブルに座った。僕はいつも〈ギョウザカレー〉で、エドはギョウザ定食でご飯大盛り。ナオキさんも今夜は定食にしていた。もちろんご飯大盛り。

「ビールも一本ください」

「あいよ」

瓶ビールがすぐに西さんから手渡されて、ナオキさんが自分で栓を抜いて勝手にコップを三つ持ってきて注ぐ。

「お疲れっす」

「お疲れさまでーす」

毎晩毎晩、僕らはバイトをしている。働くことが日常になっている。

ブチョウさんなんかは真面目だから、大学生でいることと〈D〉のバイトで働くことの気持ちのギャップで悩むことがあるって。どういうことかって訊いたら、このままバイトの感覚で働く気持ちが固定されちゃうのが怖いって。少しわかりづらい表現だったけど、何となく気持ちはわかった。

西さんも〈D〉にいた頃は大学生だった。バイトが楽しくて一生懸命働いて、そのまま大学を中退しちゃって今はここで働いている。〈みよしの〉っていう企業が悪いわけじゃない。チェーン店がいくつもあってちゃんとした会社だ。

でも、大学に入ったときの気持ちはどこに行ったのかってことをブチョウさんは言いたかったんだと思う。選ぶことの難しさを言っているんだ。

「で、ナオキさんね」

エドがコップのビールを飲み干してから、ナオキさんに言った。

「うん、なに？」

「なんで今日、その話を教えてくれたんですか？」

僕もそれを訊きたかった。

途中になっていたヒロコちゃんの話。

たぶんナオキさんは、ヒロコちゃんの家の事情を今まで誰にも話していなかったと思う。だっていちばんの仲良しのブチョウさんからも何も聞いてないし、そもそもブチョウさんもヒロコちゃんのことは何も知らないんだって悩んでいた。

「そうだなぁ」

そこでちょうど運ばれてきたギョウザ定食とギョウザカレーをそれぞれに「いただきます」って手を合わせてから一口食べる。

熱いものは熱いうちに美味しく食べる。

自分で料理を作るようになってから、それはもう本当だなって、守らなきゃならないなって思うようになった。料理人としては出された料理が手つかずで冷めていくのは耐えられないんだ。頼むから早く箸を付けてくれって思う。

「てっきりですよ？」

エドが続けた。

「ボクたちはナオキさんとヒロコちゃんは恋人同士で、もうどうにもならないほどに深く結びついていて、でもきっとヒロコちゃんの方に何か問題があってあんな風に夜中に出歩いているって思っていたんだけど、そうでもないんですよね？」

ナオキさんが僕とエドを見て、うーんって唸った。

「まぁ細かい事情はここじゃなんだからさ。そのうちにどっちかの部屋ででもゆっくり話すけどさ」

チラッと周りを見てナオキさんが言う。確かにそうだ。狭い店内は人で一杯だ。そんなプライベートな話ができる場じゃない。

「潮時ってものを、考えてるんだ」

少し声を小さくして言った。

「潮時？」

「俺はもう二十五だよ。今年はさすがに大学を卒業するつもりさ。単位はひとつしか残してないしそれはもう大丈夫だしね」

「就職するんですか？」

訊いたらナオキさんは少し苦笑いした。

「実家に帰る」

実家。

「稚内だ」

そうだった。ナオキさんは稚内出身だった。

「確か、商売をやってるんでしたよね」

「そうそう。〈宮下商店〉ね」

吹けば飛ぶような小さな店だって前に聞いたことがある。そして、田舎にいても未来がないから札幌の大学に来たんだって話も。

「親父の具合が悪くてさ」

「そうなんですか？」

それは初めて聞いた。ナオキさんが口をへの字にした。

「これもまぁ長くなるからそのうちにまた話すけど、とにかく帰ることにしたんだ。決めたんだそれは」

味噌汁を軽く箸で混ぜてから一口飲んで、ナオキさんは続けた。

「まさか、稚内なんて田舎で未来も何もないようなところに来る女じゃないってのはわかるよな？」

ヒロコちゃんのことだろう。エドと顔を見合わせて思わず頷き合ってしまった。

そうだと思う。

「かといって、不安定なあいつが心配でもある。だから」

真面目な顔で僕たちを見た。

「コウヘイかエドかなって」

「なんですか？」

「あいつみたいなバランスの悪い女を受け止められるのは、〈D〉ではお前ら二人のうちのどっちかかなーって思っていたんだよな」

言っとくけど、ってニヤッて笑って小声で続けた。

「俺は手を出してないぜあいつには。本当にお父さん役をやっていたんだからな」

「そうなんすか？」

何でも素直に訊いちゃうエドが言ったら、ナオキさんは大きく頷いて右手を上げた。

「誓って言うぜ。俺は何にもしてない。そしてあいつは」

小さく息を吐いた。

「ヒロコは、きっと誰にも縛(しば)られない」

僕たちも毎晩毎晩バイトの帰りに飲んで帰るわけじゃない。一応大学生で明日の講義だってあるし、お金もそんなに自由になるわけじゃない。〈D〉のバイト代はまぁ標準的なバイト代で、頑張れば一ヶ月でアパートの家賃の倍ぐらいは稼げるけど、それは貴重な生活費だ。

ススキノで飲んでいたらたまにサラリーマンに絡まれることもあるんだ。「お前らはバイトの金を全部飲みに使えていいよな」って。親のスネをかじって遊び歩いてる大学生って図で見られる。

裕福な家庭に育った人なんか、ほとんどいない。きっと皆それは知ってるはずなのに、どういうわけか社会に出ちゃうとバイトなんかしている大学生は遊んでいるって見てしまう。まぁ実際エドなんかはせっかく学費を出してもらっているのに大学にも行かずにミュージシャンになるってライブとかやってるけど、親にはいつか恩返しするっていつも言ってる。

自転車を押しながらエドと二人で歩いていた。

「どう思う?」

エドが訊いてきた。

「どっちか、の話?」

「そう」

ヒロコちゃんを受け止められるのは僕かエドのどっちかってナオキさんは言っていた。それは、来年ナオキさんが稚内に帰っていったら、ヒロコちゃんの面倒を見てやってくれってことだろう。バランスの悪い彼女のことを、気にしてやってくれって話だ。

「ボクは自信ないなぁ」

片手で煙草を取り出して火を点けながら、エドが言った。

「あの子は本当にムズカシイ女の子だよね？　コウヘイもわかってるよね？」

「わかる」

大人びているのは確かなんだけど、それだけじゃない。センシティブって言ったらいいんだろうか。繊細って言えばいいんだろうか。ちょっとしたことに感動したり、気持ちがぐらついたり、喜怒哀楽が激しかったり。

店では仲の良い舞ちゃんやカナちゃんも、ヒロコちゃんのことはいつも心配していた。あの子はあんな性格で学校でちゃんとやってるんだろうか、とか。家ではどんな風に生活しているんだろうか、とか。

「ナオキさんぐらい心が広くなかったらゼッタイやってけないよ。どうしてボクたちなんだろうね？」

「それは」

全然わからない。でも。

「エドは、音楽やってるからじゃないかな」

「音楽？」

「ヒロコちゃんはさ、自分にないものを持ってる人に憧れるっていうか、そういうのが好きなんだと思うんだ。だからじゃないかな」

こっちを見て首を捻った。

「つまり、勝手についてくるってこと？」

「勝手にというか、そういう部分で接してあげれば、素直に受け容れてくれるんじゃないかなあの子は」

そんな気がする。

「実際、エドのライブにも来てたんだろう？　別に誘ったわけじゃないのに」

「まぁね。チケット売ったわけじゃないよ」

「たぶんヒロコちゃんは、はみ出したがっているんだよ」

「はみ出し」

普通の女の子の生活というレールから。そこに乗っかっている自分がきっとイヤでしょうがない女の子。

「話していてもそんな風に感じることがある。ナオキさんと〈D〉で出会ったときの話も何かそんな感じだったよね」

「そしてあのデカイ家に一人きり、ね。自分でそこから出たがってもがいてる。だから音楽やってるボクや、小説書いてるコウへイみたいな人種だったらって話?」

「そういうことなのかなぁって僕は思ったけど」

実際のところは話をちゃんと聞かないとわからないけれど。


アパートに着いて、おそるおそる部屋のドアを開けたんだけど、そこには僕と姉さんの靴しかなかった。しかも部屋の中は真っ暗だった。どうやら恭子さんもヒロコちゃんもいないらしい。そして姉さんももう寝ているらしい。きっと酔っぱらったんで早々に寝たんだ。

そっと襖(ふすま)を開けたら、床に敷いた布団に寝ている姉さんの姿があった。寝息を立ててる。またそっと襖を閉める。小さく息を吐いて、コンポの電源を入れてターンテーブルの蓋を開けて、ウィリー・ネルソンの〈STARDUST〉のLPを出して、置いた。スイッチを押す。自動的にアームが動いて下りる。ギターの音と、ウィリーの嗄れた声が小さく聞こえてくる。台所に行って、サイフォンに水を入れてアルコールランプに火を点ける。フィルターをセットしてコーヒー粉を入れる。

寝る前にコーヒーを飲むのは習慣になってる。〈STARDUST〉を聴くのもそう。初めての一人暮らしは楽しみにしていたんだけど、実際に初めての夜を迎えたら、急に誰もいない部屋の中が寂しく感じた。十八年間、必ず誰かがいる気配がある実家で暮らしていたから、気配がないってことをこんなにも感じるんだって驚いた。

何かLPを掛けながら寝ようって思って、選んだのがウィリー・ネルソンの〈STARDUST〉だった。そう言えばウィリーを教えてくれたのは姉さんだったなって思い出した。

（うん）

エドもこの部屋に来て驚いていたけど、もちろんそんなつもりはないけどミュージシャンを目指しているんじゃないかってぐらいLPの数はある。でもそのほとんどが、姉さんが残していったり教えてくれたミュージシャンのものばかりだ。

姉さんは、ずっと音楽が大好きだった。歌謡曲からジャズからロックまで何でも聴いていた。お小遣いのほとんどを音楽を聴くことに使っていたはずだ。中学も高校も吹奏楽部に入って、ずっとフルートを吹いていた。

だから、家の中にはいつもフルートの音が流れていた気がする。一生音楽には関わっていきたいわって言ってたのを聞いたような気がするけど、今でもフルートは吹いているんだろうか。

姉さんと一緒に暮らしたのは僕が中学生になるまでの十二年間だけだったけど、その間に僕は随分影響を受けたと思う。音楽もそうだし、姉さんの本棚にあった小説は全部読んだし、少女漫画も随分読んだ。ドラマを見ながらぶつぶつ文句を言う姉さんに、そうなのかって納得したり首を捻ったり。そう言えば新聞の読み方を教えてくれたのも姉さんだったような気がする。

父さんや母さんと口論する姿も見てきたし、ずっと同じ部屋だったから、そうやって喧嘩(けんか)して戻ってきて、机に突っ伏してずっと泣いてた姉さんの姿も僕は見ていた。

「幸平」って僕を呼んでぎゅっと抱きしめてわんわん泣きだしたのは、僕が三年生のときだったから、姉さんは十五歳だったはずだ。

姉さんの身体が熱くて、涙が冷たくて、父さんや母さんと喧嘩した理由は全然わからなかったけれど、なぐさめてやろうって思ってぽんぽんと背中を叩いて頭をよしよしって撫でてあげた。

もっと小さい頃に、泣いている僕に姉さんがそうしてくれたように。

どういう理由で東京を離れてきたのかはまだ訊いていない。いつまでこの部屋にいるのかもわからない。

「まぁいいさ」

姉さんの気の済むようにさせてあげようって思ってる。

それと、姉さんが言い出すまでは何も訊かないでおこうとも。

「飲み過ぎたわー」

朝、十時近くになってから襖が開いて姉さんが起きてきて開口一番言った。確かにそんな顔をしてる。絶対に恋人には見せられない顔だと思う。

「何であんたいるの？　大学は？」

「今日は午前中の講義はなし」

あら、って言ってそのまま、すとん、と床のクッションに腰を下ろした。

「朝ご飯は？　目玉焼きでも焼く？」

「いい。後で自分でやるから」

そのコーヒーちょうだいって言って、手を伸ばして僕のマグカップを取って一口飲んだ。

「あー生き返るわ」

「まだポットにあるから入れてくるよ」

「ありがと。本当最近は深酒がダメ。二十五過ぎたらてきめんにダメ」

「そうですか」

そんなもんですかって相づちを打つしかない。僕は今のところ酒は強いみたいだし、二日酔いもしたことない。そもそも酔っぱらったっていう感覚を味わったこともないので、今一つお酒を飲む楽しみを味わえないんだ。

「まさかヒロコちゃんにもそんなに飲ませてないよね」

コーヒーを入れたマグカップを渡しながら訊いたら、うんうん、って頷いた。

「大丈夫よ。彼女は九時頃にちゃんと家まで送ってった」

「家まで行ったの？」

僕も昨日初めて行ったのに。

「行ったわよ。すぐ近くだから歩いていくって言うから。とんでもないお嬢さんだったのねヒロコちゃん。恭子ちゃんと二人で眼を丸くしたわ」

「その後、恭子さんとどことん飲んだの？」

そう、って言って、にいっ、と笑って僕を見た。テーブルの上の髪留めを取って髪をかき上げて留めた。

「恭子ちゃん、いい子ね」

「そうですか」

これもそう言うしかない。もちろん、恭子さんはいい人だ。

「彼女でしょ」

にやにやしながら言う。何となくそんな話になるかと思ってたから動揺はしなかったけど、どう答えたらいいかと思って、とりあえず煙草を取って火を点けた。

「ごまかすな若者」

「どうしろっていうのさ。朝っぱらから姉にそんな話題をふられて」

「いいじゃないの。昨日から楽しみにしてたんだから」

楽しみ？　姉さんがさらにニコニコ顔になった。

「まだ小学生だった弟がすっかり大人になってて、しかも年上の女性と付き合ってるって知ったときの姉の驚きとこれはいたぶれる！　って思ったときの喜びはわからないでしょ」

「わかりたくないし付き合ってないよ」

「付き合ってないの？」

「恭子さんがそう言った？」

「言ってない」

そうでしょうとも。

「まぁ何もないただの学校の先輩だ、とは言いませんけれど、彼氏彼女として付き合ったことはありません」

なんだぁ、って姉さんは口を尖らす。

「てっきり彼女の口ぶりだとそうだと思ったけどなぁ。ということは幸平」

「なに」

「付き合った方がいいわね」

どうしてですか。

「だって、恭子ちゃんは明らかにあんたのことが好きなんだもの。何か障害があるの？　年上はイヤ？」

そんなこと言われてもね。こんな朝の爽やかな光が差し込む部屋で話すようなことじゃない。

「姉さん」

「はいはい」

「僕も大学生です。いろいろあるんです」


姉さんはこれから一日中何をしてるのかと訊いたら、部屋の掃除と洗濯とお買い物という主婦のようなことをして、その他は札幌の街をあちこち回っているそうだ。旭川からまっすぐ東京に行ってしまった姉さんは札幌を何も知らない。観光客気分であちこち楽しめるそうだ。

同級生も何人か札幌にはいるらしくて、今夜はそういう人と晩ご飯を食べるから〈D〉では食べないと言っていた。帰りに寄るか、そのまま飲みに行くかは適当。「私のことは気にしないで」と笑っていた。まぁそれならそれで気にしない。好きにやってもらう。住んでる間の家賃は折半で払ってくれるって言ったんで、それはかなりありがたい。


大学に行ったら、つい恭子さんの姿を探してしまった。

（姉さんがあんなこと言うからだ）

普段はそんなことはしない。ばったり会ったらなんだかんだ話をするし、〈D〉に来たら来たで皆で楽しく過ごすし、たまに何人かで飲みに行くこともある。

本当にただの友達だ。そうしようと決めている。

それは、恭子さんに言われたからだ。

違うか。

何も言われていないから、僕が決めてしまったのかもしれない。恭子さんがそんな僕の気持ちを察して何も言わなくなったのかもしれない。

恭子さんが僕より先にナオキさんに出会っていたからだ。そして、ナオキさんと付き合っていたからだ。ほんの一時期だけど。

ナオキさんのことを悪く言う人もいる。女好きとかセックスマシーンとかプレイボーイとか女たらしとかあれこれあれこれ。

まぁ実際そうなんだけどね。

それは一緒に働いている僕たちがよく知ってる。何せ本当にモテるんだ。今でこそなくなったけど、少し前までは閉店までずっと粘ってナオキさんと一緒に飲みに行ってそのままベッドで、っていうのを目当てにした女の子が毎晩のようにいた。

本当に毎晩。

バイトを始めた頃は信じられなくて眼を丸くしてしまった。世の中にはこんなにもモテる男がいるんだって。だからそんな風に悪く言われる。でも、弁護をするとナオキさんは決してただの女たらしじゃない。捨てられて泣いてる女の人はまずいない。付き合うときも別れるときもナオキさんはきちんと話をする。話をして納得してもらって遊ぶ。だから、別れた、もしくは遊んだ女の人たちも常連になってその後も〈D〉に通って来る。

まぁモテない男から見たら本当の意味で敵なんだけど。

だから、恭子さんもそうだ。

今はナオキさんとはただの友達だ。もう二度とそんな風になったりしない。それは、恭子さんも言っていたしナオキさんもそうだ。

気にしているのは、僕だけかもしれない。

我ながら、小さい男だなって思う。

自転車で〈D〉まで行って、担いで階段を上がって廊下に置いて事務所のドアを開ける。

「おはようございまーす」

いつものように、すぐ脇の机に進藤さんがいて顔を上げてこっちを見る。

「おはよう。自転車ね」

「そう、よろしくお願いします」

気づいてはいたんだけど、気づかないふりして進藤さんに手を振ってそのままドアを閉めようと思ったら、野太い声が奥から飛んできた。

「おう、幸平」

榊社長の声。

「あ、おはようございます！」

背筋を伸ばして一段声を大きくして挨拶する。社長は挨拶だけには本当に厳しい。自分は雇っている側だけど、学生のお前たちを親御さんから預かっていると思っているんだから、その間は代わりに躾(しつけ)をするんだっていつも言うんだ。

ちょいちょい、と、社長が手招きする。がっしりとした身体つきに浅黒い肌に口(くち)髭(ひげ)。ススキノで出会ったら絶対に近くには寄らないタイプの男の人。

「何でしょうか」

「そんなつれなく言うな。久しぶりじゃねぇか会うのは。交代の時間までお話ししようぜ」

そのまま座れ、ってソファを示したので素直に座る。挨拶には厳しいけど、別に怖くはないいんだよね。他の部分ではけっこうざっくばらん。

「なんか、東京からお姉さんが来てるって？」

煙草に火を点けながら、にやりと笑いながら社長が言う。

「そうなんです」

「いつまでいるって？」

「わかんないんですよね。当分の間は僕の部屋にいるみたいですけど」

そっか、って頷いた。引き出しを開けて何かを取り出したと思ったら、茶封筒だ。それをぽん、と投げてテーブルの上に滑らせた。

「もってけ」

「何ですか？」

「小遣いだ」

小遣い？

びっくりした。封筒はどう見ても薄いからそんなには入っていないと思うけど。

「一万円しか入っていないから遠慮すんな。皆にやってるもんだ。田舎から親が出てきたとかそういうときにな。美味いもんでも食べさせてやれってさ」

「そうなんですか？」

向こうで進藤さんもにっこり笑って頷いていた。社長そんなことをしてくれてたのか。全然知らなかった。厚意は素直に受けとっておいた方がいい。そんな風に言ってたのはおじいちゃんだ。

「じゃ、遠慮なくいただきます。ありがとうございます！」

「おう」

にっこり笑って、煙草の煙を吐き出した後に、少し真面目な顔になって僕を見た。

「お姉さんは、六歳上だとか」

「そうです」

ふむ、って渋い顔をする。椅子の背に凭（もた）れた。

「まぁあれだ、幸平」

「はい」

「二十五、六の女性が、一時間かそこらしかかからない実家にも帰らないで弟の部屋にいるってのは、何かしら事情があるんだろう」

そう言って、社長はにっこり笑った。

「こっちにいる間は、せいぜい姉弟仲良く過ごせ。優しくしてやれ」

一礼して、事務所を出た。手に持ってた茶封筒を畳んでジーパンのポケットに入れた。一万円あれば確かに美味(おい)しいものを食べられると思う。姉さんはそれなりにいい給料を貰っていたはずだからそういうものを食べ慣れているだろうけど、弟に奢(おご)ってもらうのはそれなりに嬉しいかもしれない。最初に来た日もそう言ってたし。

小さく息を吐いた。

社長とは、大人の男っていうのはそういう風に気を遣えるものなのかって少し驚いた。

きっと社長は、姉さんのことを進藤さんから全部聞いたんだろう。

店長の岡本さんは日誌と一緒に、僕らの日常のことも全部進藤さんに報告する。それは未成年や学生を預かっているっていう配慮からなんだって言っていた。誰かがずっと講義をサボっていたり、あるいはバイトに出てこなかったりしたらすぐに対処できるように。親御さんに心配を掛けないように。だから、姉さんが来たことも、実家に帰らないで僕の部屋に泊まっていることも全部聞いたんだ。

ただのアルバイトなのに、年の離れた姉が泊まりに来てるっていうだけでそこにある事情をいろいろ推察して、こんな風に気を遣ってくれる。そういうことに気づける、そういうことが身の回りに起こる日常っていうのがあるんだってことは、アルバイトをしなきゃわからなかったことだと思う。

いつものように遅番で入る。今日はナオキさんとブチョウさんの三人。早番はコンタさんとカンジさんとハセさん。ナオキさんが厨房やりたいっていうので、ソフトにはブチョウさんに入ってもらって僕はホールに回った。

ホールも好きだ。次々に入ってくるお客さんをテーブルに案内して注文を聞いて、上がってきた注文を届ける。厨房とソフトはその場を動けないけれど、ホールは忙しくなると文字通り走り回ることになる。

店全体に眼を配って、お客さん全員が気持ち良く過ごせるように調整するのがホールの仕事。注文が殺到すると、厨房やソフトのオーダーの上がり具合だってこっちで調整してあげないとパニックになりかねない。

そうやって忙しい時間が過ぎて、夜の九時を回ったらもう後はわりとのんびり過ごせる。日によってはお客さんがまるでいない時間が一時間も続くこともあるから、カウンターの端っこで学校の課題をやったりすることもあるんだ。

十時を回って、二組いたお客さんが帰ってしまった。

店内には、ライブの練習をして寄ったっていうエドと、常連のカナちゃんと映画を観てきたっていうミッキーだけ。つまり、身内だけになってしまった。

理美容専門学校に通っているカナちゃんとミッキーは付き合ってる。常連の女の子と付き合ってしまうバイト仲間はけっこういるんだけど、基本〈別れるならきれいに〉が合言葉になってる。常連さんと気まずくなってしまったらせっかくのお客さんが減ってしまうわけだからね。

カナちゃんとミッキーはもう一年も続いているから、このまま上手くいくんじゃないかなって皆が話していた。

「今日はこのままかな」

厨房で腰に手を当てて立って、ナオキさんが言った。

「そうかもね」

まったりと暇なまま終わるパターン。そういう夜もある。バイトしている方としてはあまりにも暇だと雇用問題にも関わってくるから不安なんだけど。

「姉さん部屋にいるんなら、早めに上がってもいいぞ？」

ナオキさんが言うので、いや大丈夫ですよって言おうと思ったらドアが開いて、その姉さんが入ってきた。

「いらっしゃいませ」

ちょうどレジの仮集計をしていたブチョウさんがそう言って、姉さんがにっこり笑って頭を下げる。そのまま奥まで歩いてきた。

「カウンターでいい？」

「いいわ。コーヒーちょうだい」

一番奥に座った。誰と会ってきたかは知らないけれど、まるで仕事帰りみたいなスーツ姿だった。ぐるっと店内を見渡して、顔を知ってるエドやミッキーにちょっと笑って。

「暇みたいね」

「そうだね。今日はこのままかなって感じ」

「そう」

「閉店までいて、一緒に帰る？」

そうするわ、って姉さんは笑って頷いた。

やっぱりそのままお客さんは来なくて、十時半を回ったところでナオキさんが閉める宣言をして行灯の灯を落とした。掃除や朝の仕込みの準備やいつも通りのルーティンワークをこなす。エドもミッキーもそのままいたので手伝ってくれる。姉さんはカナちゃんとなんだかんだと楽しそうに話していた。

さすがに女性がいるのでその場で上半身裸になるわけにもいかないので、控室で着替えて、ナオキさんがレジの計算をする。計算が合ったところで、姉さんにもカナちゃんにも飲み物を一杯サービスして、姉さんがいるからだろうけど、東京の話とかをしていた。

ミッキーなんかは、卒業後の就職には東京に出ることを考えている。エドだって、本当にミュージシャンになろうとするなら東京に出なきゃダメだっていつも言ってる。

札幌は何でもあって北海道で生まれた僕たちにとっては都会で、ここで何でも済ませてしまえるんだけど、東京はまた違う。

姉さんが、皆の質問に答えていて、不意に首を捻った。

「ねぇ、幸平」

「なに」

「オーディションがあるのよ」

唐突に言うので、反応できなかった。皆も「え？」という表情を作って姉さんを見た。

「オーディション？」

こくん、って頷いた。姉さんがオーディション？

オーディションっていうのは映画とか演劇とかそういう役につくためのものが一般的で、そう言えばミュージシャンになるのにもあったかなとか考えて。

「姉さん、演劇とかやってたっけ？」

「馬鹿ね、やってないわよ。私じゃなくて、ヒロコちゃん」

「ヒロコちゃん？」

思わずナオキさんを見た。僕だけじゃなくて、全員が。ナオキさんはその視線を受けて、思わずずって感じで首を横に振った。

「いや、聞いてない」

ナオキさんも知らない話を姉さんが？

「最初から話してよ」

姉さんが、カウンターに肘を突いて人差し指を頬に当てて僕を見た。

「幸平、あなたヒロコちゃんがどれだけすごい子か知ってる？」

「すごい子って？」

「バレエよ」

「バレエ？」

ヒロコちゃんがクラシックバレエをやっていたのは知ってるけど。

「あたし知ってる」

カナちゃんだ。

「中学生の頃に世界的なコンクールに出たこともあるのよ」

「そうなの？」

エドがびっくりしていた。それは全然知らなかった。

「腰をやっちゃったんだよ」

ナオキさんが溜息交じりに言った。

「腰を」

難しそうな病名をナオキさんが続けて言った。

「要するに慢性化してしまって、遊び程度ならともかくこれ以上真剣にバレエを続けていくのは無理って感じになったんだ。成長期でもあったしね。泣く泣くあいつはバレエをあきらめたんだ」

「あ！」

エドだ。

「じゃあ、中三のときに泣きながらここに現れたって」

ナオキさんが、頷いた。

「そのときさ」

そうだったのか。そういう話の流れだったのか。姉さんが、ゆっくり頷いた。

「今度、新作映画の主演女優の一般オーディションがあるのを聞いたことない？　ついこの間マスコミに発表されたわ。原作はあの作家の橋元巌（はしもといわお）の『パール・パール・パール』。監督もその人がやるって」

「あ、何かで読んだ」

ブチョウさんが頷いた。そういえば新聞で読んだような気がする。橋元巌の作品は僕も好きだ。『パール・パール・パール』は突拍子もない設定なのでちょっとびっくりしたけど、映画にならなら向いてるかもって思った覚えがある。

「応募条件は十七歳以上二十五歳以下の女性で、何かしらのダンス経験を持つ子。それだけ。彼女はそれに応募しようって考えたのね。決めたのも、つい先日ですって。でもね」

「親が、反対してる？」

ナオキさんが言ったら、姉さんがそう、って言った。

「泣いて頼んでもダメだったって。ろくに勉強もできない子が何を言ってるんだって。家出も考えたけれど、ちゃんとしたオーディションだから未成年だからどう頑張っても親の承諾がいる。もうどうしようもなくてって、ヒロコちゃんわんわん泣いていたわ。これが、最初で最後のチャンスかもしれないのにって」

最初で最後のチャンス。

それは、一度道が断たれたからそう思うんだろうか。

「だから、私が連れていくわ。東京に」

「姉さんが？」

大きく頷いた。そして自信たっぷりな顔でニヤリと笑った。

僕はその顔を見た瞬間にあきらめた。

あぁ僕はもう姉さんの言うことを聞くしかないんだって。この顔をしたときの姉さんは、誰が何を言ってもダメなんだってことをすごい久しぶりに思い出した。そうだ、東京の短大に行くって決めたときも姉さんはこんな顔をしていたんだ。

「東京に部屋があって立派な社会人である私だったら保護者としてうってつけでしょう?　あなたたちはヒロコちゃんのご両親を説得してちょうだい」

「僕たちが」

　そうよ、って姉さんが言う。

「恭子ちゃんはもうそう決めたわよ」

「恭子さんが?」

　姉さんは力強く頷いた。こうやって見たら本当に姉さんって雰囲気が恭子さんに似ている。

　この間三人で飲んだときにそんな話をしていたのか。

「私はまだここに来始めて二、三日の新参者。部外者。でも、幸平の姉。いろいろ話を聞いて、あの子の力になってあげられるのはあなたたちだけなんだってことはよくわかったわ。そうなんでしょ?　ナオキくん」

　ナオキさんが顔を顰めた。唇をへの字にしてから、頷いた。

「確かに」

「ブチョウさん」

　続けて姉さんに呼ばれてブチョウさんは慌てて頷いた。

「そう、ですね」

「エドくん」

「まぁ、そうかも」

「ミッキーくんに、カナちゃん」

二人で顔を見合わせて、頷いた。

「高校生の女の子が、まだこの世で力を持たないけれども才能ある白鳥のような美しい子が、その翼を広げたくても鎖で縛られてどうにもならなくてもがいているのよ。あがいているのよあなたたちの眼の前で。それをあなたたちは黙って見てる？ それじゃあ男がすたると思わない？」

## 四

男がすたる。

ナオキさんが僕を見て、僕はエドを見て、エドはミッキーを、ミッキーはブチョウさんを見た。ブチョウさんはそれ以上男がいなかったので少し眼を泳がせたけど、僕を見た。

なんか、前にも姉さんがそんな台詞を吐いたような気がする。いつだったかどんな場面だったかは思い出せないけど、その言葉を僕に向かって言ったような。それはどんなときだったんだろう。

姉さんがヒロコちゃんを東京に連れて行く。

ヒロコちゃんのご両親を僕らは説得する。

ナオキさんが、大きく息を吐いた。

「コウヘイ」

「はい」

「美枝さんの、お姉さんの言う通りだな。ヒロコちゃんをあの家から連れ出せるのは俺たちだけだと思う」

「そう、ですか」

ナオキさんが言うんなら、そうなんだろうけど。

「あいつはさ、学校でもめちゃくちゃ浮いてんだよな。同じ学校の友達と一緒に来たことないだろ？」

「ないよね」

　エドが頷きながら言った。

「それは言ってたわ。仲の良い友達がいないって」

　カナちゃんだ。

「でもそれは、ほとんど自分のせいだって。こんな性格だから人に優しくできないし、無理に友達を作ろうとも思わないしって」

　確かに複雑な性格をした女の子だけど、本当に友達が一人もいないのか。

「そういえば同じ学校の、なんだっけ、みゆきちゃんとかあっちゃんとか来てもさ、全然話もしないよな。話どころか挨拶もしない」

　ミッキーが言うのでそうだそうだ、ってエドも僕も頷いた。それは気づいていたんだけど、同じ学校に行ってるからって皆仲良しってわけでもないだろうから、特に気にはしてなかったんだけど。

「学校の友達はまるで期待できないってことさ。だから、ヒロコの力になれるのは俺たちしかいない」

　ナオキさんが煙草に火を点けた。

「どうしたらいいと思う？」

どうしたら。

何でそれを僕に訊くのかがわからなかったけど、頭に思い浮かんだのはたったひとつしかなかった。

「皆で、乗り込みましょう」

「皆で？」

「〈D〉の全員でヒロコちゃんの家に行くんです。雁首揃えて土下座して頼むんですよ。ヒロコちゃんを東京のオーディションに行かせてあげてくださいって。それでも、それでもダメだって言うようなら」

「強行突破だよね」

エドが笑って言った。

「どうせヒロコちゃんが外泊したって気にもしてないというか、全然構ってくれない親なんでしょ？　無視してさ、無理やり行っちゃえばいいんだよ。お姉さん、そのオーディションっていつなんですか？」

「二十一日。日曜日」

姉さんが何も見ないで言った。二十一日。再来週の日曜日か。

「まだ時間はあるんだね」

「行っちゃえばいいんじゃない？　東京まで行けばお姉さんの家で寝泊まりできるんだから、問題は交通費だけでしょ。飛行機代がないならボクたちがカンパしてやればいいんだからさ。バイト全員から集めれば往復航空券ぐらいなんとか」

エドは笑いながら言うけど。

「そういうわけにもいかないよ、エド」

「なんで」

ナオキさんも頷いた。

「自由に、自分勝手にやろうと思ったらな、義務と責任を果たさなきゃならないんだよ。お前だって嫌ってぐらいわかってるだろ？」

「あー」

エドが変な声を出して、顔を顰めた。

「義務ね、責任ね。そうだった」

姉さんが少し唇をすぼめて驚いたような顔をして言った。

「あなたたち、そんな話をしてるの？　義務とか責任とか」

「してるよ」

皆で飲みに行ったり、誰かの部屋に泊まったときになんかよくしてる。僕たちは親の金で大学に通って、好き勝手やってる。もちろん遊ぶ金はバイトで稼いではいるけれど、それだって親に部屋代出してもらって学費を払ってもらってるからできることなんだ。

「だから、もし、そういう親の期待を裏切ろうとするのなら、最低限の義務と責任は果たさなきゃならないだろうって話」

「親の期待を裏切るって？」

姉さんが訊いてきたので、ついエドを見てしまったら、エドは苦笑いした。

「ボクですよお姉さん。親の期待を裏切って、ミュージシャンになるために大学辞めて東京へ行こうと思ったバカ」

去年のことだ。

メジャーデビューするのにはやっぱり東京に出ないと話にならない。札幌で何かのコンテストを受けてって方法もないわけじゃないけど、まだるっこしい。エドはそう言って親に内緒で黙って東京に住もうとしたんだけど。

「行かなかったの？」

「行ったんだけど、それを知った母さんが心臓発作で倒れちゃって」

姉さんが眉間に皺（しわ）を寄せた。

「黙ってやっちゃったのがまずかったんですよね。慌てて帰ってきたら親父に殴られました。勝手に生きるのなら、男として、息子として最低限の責任を果たせって」

それからだ。大学にも行かないで音楽活動ばかりしているけど、卒業だけはするって。ほとんど休学状態だけど何とかして最低限の単位だけは取ってるんだ。甘いと言えば甘い話なんだけど、エドは今はそれが精一杯だって言ってる。

「だからさ」

ナオキさんが言った。

「ヒロコにもそれはわからせなきゃ。もちろんあいつの家が、家族がほとんど機能してないってのはわかってるけど。それでも、だ」

「親を納得させた上で、好き勝手やるってことね」

姉さんが頷きながら言った。

「そうですよ。そうじゃなきゃ、あいつは帰るところがますますなくなっちまう」

帰るところ。

「オーディションだって受かるとは限らないもんね」

カナちゃんが言った。

「もし落ちたら、あの子ますます家にいづらくなっちゃう」

「そう。そのためにも親は説得しないと」

そう言ったナオキさんを見て、姉さんは少し眼を細めた。

「まぁ、そうね」

こくん、って頷いた。

「帰る場所なんて自分で作ればいいんだけど、今回はそうした方がいいわね」

ヒロコちゃんのいないところでそれ以上話してもしょうがないし、地下鉄の時間もあるから、今度はヒロコちゃんも呼んでまた閉店後の店で話し合うことにした。

姉さんが一緒に帰るので、自転車を置いて地下鉄で帰ろうかとも思ったけど、姉さんが自転車の後ろに乗るって言い出した。

「重いじゃん」

「いいじゃないの。頑張れ」

まぁ文句を言ってもしょうがない。姉さんを後ろに乗せて走り出した。お尻が痛いからって僕のジージャンを敷いて。

真剣に重かった。後ろに人を乗せて自転車を漕ぐなんて中学生以来じゃないか。

半分も行かないうちに姉さんがやっぱりお尻が痛いって言い出して、結局押して歩く羽目になってしまった。

「まぁいいじゃない」

姉さんが笑って歩き出すので、その横に自転車を押しながら並ぶ。

「こんなふうに夜中に一緒に歩くのなんて、初めてじゃない」

「まぁそうだね」

確かにそうだし、こんなふうにいろいろ話すのも初めてだ。

「楽しいじゃない。楽しくない？」

「楽しくないって言ったら怒るんだろ」

「怒るわよ」

「じゃあ楽しいよ」

二人で笑った。楽しくないわけじゃないけど、大学生にもなって姉と二人でいるのが楽しいなんて直接言うのはそれこそ変だ。

「姉さんさ」

「なぁに」

「さっき、言ってただろ。帰る場所なんて自分で作ればいいって」

あぁ、って小さい声で言って頷いた。

「あれって、自分で思ったこと？　高校生の頃に」

そう訊いたら、少し下を向いたまますぐに答えなかった。横顔を見たら、少し口元が笑っていた。

「そんなこと考える年になったか」

「大学生なんで」

軽く言っておいた。重くて話せることじゃないと思うし、そんなに話したくもない。

「それこそこんなの初めてだからさ。確認だけはしておこうと思って」

どうして東京へ行ったきり帰ってこなかったのか。

「大体は理解してるんでしょ？」

「一応ね」

前を向いて、姉さんは小さく息を吐いた。大きな道路沿いをずっと歩いているからひっきりなしに車は通る。ヘッドライトが繰り返し繰り返し僕たちを後ろから前から照らし続ける。

「そうね」

頷きながら姉さんは言った。

「高校のときにそう考えたな。もう家には帰りたくないって。お父さんとは一緒に暮らせないって。でも、卒業まではいなきゃならないから、東京に行こうって考えた。そして、そのままそこを私の町にしようって思った」

「私の町？」

「自分一人で生きる町ね。二度と旭川になんか、あぁ違うか」

苦笑いした。

「旭川は別に嫌いじゃないわね。友達もいるし。ねぇ、あんたはまだ気づいてないだろうけど、旭川ってけっこう良い町なんだよ。それは東京で暮らしてよくわかった」

「ホームシックとかじゃなくて？」

違うわよって、ちょっと怒った顔をする。

「幸平はすぐ近くの札幌しか知らないだろうから、まだわかんないのよ。あれぐらいの町って暮らすのにちょうどいいの」

「そんなもんかな」

札幌もちょうどいいって思う。旭川は、田舎だ。そんなふうに考えちゃうけど、東京って大都会で暮らすとまた違うんだろう。

「だから、旭川に帰るのはいいのよ。でも」

「家には、二度と帰らない。そう決心して東京に行ったんだね」

「そうよ」

だから今回も家には帰らない。でも、そもそもどうして北海道に帰ってきたのか。仕事はどうしたのか。その辺のことを訊こうかなって思ったけどもう少し待ってみた。話の流れで姉さんが自分で話してくれるかなって思ったんだけど。

そのまま黙って姉さんは歩き続けた。そうか、まだ話す気はないのかって。

「ヒロコちゃんを連れて行くってことは、東京の部屋はまだあるんだね」

訊いたら、ちょっと眼を大きくした。

「あたりまえよ。別に引っ越ししてきたわけじゃないんだから」

「そうか」

「そうよ。それならさっさと部屋を探すわよ。この年で弟の部屋に居候(いそうろう)なんておかしいでしょ」

おかしくはないだろうけどさ。

「僕の部屋の家賃は父さんのお金だけどね」

「あぁ」

姉さんは苦笑いした。

「そこはそれ、大人の割り切りよ。大した問題じゃないわよ」

そうなのか。なるほどって少し笑った。

「そう言えばさ、社長がお小遣いくれたんだ。一万円。姉さんと美味しいものでも食べろって」

「あら」

にっこり笑った。

「素敵な社長さんね。会ったらお礼言わなきゃ」

「何か食べに行く？　遅番のシフト交代してもらってもいいけど」

そうねぇ、って少し首を捻った。

「考えとくわ。それにしても」

「なに」

「おもしろいわね。〈D〉のあなたの仲間。友達」

「おもしろいかな」

おもしろいわよ、って姉さんは何だか嬉しそうに笑った。

「あなた、運がいいのかもね。ああいうところでアルバイトできるなんて。きっと、貴重な体験になるわ。なってるわ」

翌日は朝からずっとしとしと雨が降っていて、姉さんは不機嫌になってふて寝していた。そういえば昔から雨の日は機嫌が悪かったなぁって思い出して、でも東京には梅雨があるのにどうしてるんだろうって訊いたら睨まれた。「毎日機嫌悪いわよ」って。はいはい、って頷いて放っておいて大学に行った。カッパを着込んで、やっぱり自転車で。別に大雨じゃないんだから平気だ。

講義を受けて、大学の友達とバカ話して。いつもと同じような日。

昼ご飯に学食でカツ丼を食べていたら恭子さんがまた僕を見つけたらしくて、これもいつものように頭を軽く叩いてから、隣に座ってきた。今日はカレーか。最近よく会うねって言おうとして、姉さんから言われたことを思い出してやめた。ひょっとしたら会うんじゃなくて、恭子さんが僕を見つけているのかもしれない。ひょっとしたら、だけど。

「この間はすっかりお姉さんにごちそうになっちゃった」

「そうなんだ」

「お礼、言っておいてね。もちろん私もまた会えたら言うけど」

了解、って頷いておいた。それこそヒロコちゃんの話をしたかったけど、周りには大学の友達もいる。細かい話はできないけど。

「今日は、講義この後ですか」

「三限ね。それだけ」

「その後は〈D〉に来ます？」

カレーをひとすくいして口に運んで入れて、うーん、って唸った。もぐもぐと噛んで飲み込む。

「ひょっとしたら買い物した後に寄るかな。でも雨降ってるしね」

なにかあった？　って顔をして、少し微笑んで僕を見る。姉さんに似てる、なんて思ったら変に意識してしまった。僕ってひょっとしたらシスコンだったのか。そうだとはちょっと考えたくないんだけど。

「昨日、姉さんがあの話をしたんですよ。ヒロコちゃんの話」

あ！　って顔をする。周りを見て、少し声のトーンを落とした。

「もう、したんだ」

「話の流れで、姉さんが」

「それで？　どうなったの？」

勢い込んで訊いてくるので、あぁこれは恭子さんも本気なんだなってわかった。本気でヒロコちゃんを応援するつもりなんだ。

「まだ詳しく決めてないです。たぶん近いうちに閉店後に話し合うと思うんですけど」

わかった、ってスプーンを口に入れて頷いた。

「私も絶対に参加するから。話し合う日が決まったらすぐに教えて。うちの電話番号知ってるよね」

「知ってます」

二人で頷き合って、僕はカツ丼を、恭子さんはカレーライスを食べる。ご飯を食べながら話すって実はちょっと苦手だ。女の子たちはよく皆でわいわい話しながら食べているけど、よく喋（しゃべ）れるなぁって感心する。

とりあえず、かっこむ。窓の外はまだ雨が降っているけど大分小降りになっているみたいだ。構内を歩いている人の中には傘を差していない人もいる。

「コウヘイ、お茶飲む？」

立ち上がりながら恭子さんが言うので、飲みますって頷いた。そのまま恭子さんがお茶のポットのところまで歩いて、小さな湯飲みを二つ持って歩いてくる。

「すみません」

「いいえ」

お茶を飲む。あちこちで笑い声が起こってる。いつもの騒めきの学食。じゃあな、って友達が手を振って僕が応えて、ねぇ恭子！　って恭子さんの友達が何か話してきて恭子さんがそれに応えて。

講義が始まるまでまだ三十五分ある。どこかに行くには短すぎるし、このままここで過ごすのには長すぎる。〈D〉でバイトを始めてからは他の喫茶店で時間を過ごす気にはあまりなれなくなっていた。コーヒーは〈D〉でタダで飲める。お金はなるべく使わないようにする。

恭子さんが左腕の手首を内側に返し、腕時計を見た。いつもしている女物じゃない、すごいクラシックな革ベルトの大きな時計。おじいさんに貰ったって前に言ってた。気に入って大事に使っているんだって。

「講義までどうするの」

「どうということもなく、です」

適当に時間を潰す予定。

「部屋に来る?」

恭子さんが微笑んで言った。恭子さんのアパートまでは歩いて十分も掛からない。自転車で走れば三分。

「コーヒー飲む時間ぐらいは、あるでしょう」

何も考えないで、頷いた。確かに。

「そうですね」


恭子さんのアパートは、入るときに建ったばかりの物件でまだまだ新しい。しかも〈盛園(もりぞの)アパート〉って名前になってるんだけど、僕らの感覚で言うとマンションだ。三階建てで部屋の造りもしっかりしてる。その代わりに部屋は少し狭いんだけど、一人暮らしには十分だ。

専用ってわけじゃないけれど、住人は大家さんの希望で全員が女性らしい。そのうち大学生が半分ぐらいって前に言っていた。

半年ぶりぐらいの恭子さんの部屋。前に来たときと何も変わっていないと思う。細長い部屋で、玄関を入ったらすぐに台所があって、お風呂があって、部屋の奥には大きなベッドマットが直接床に敷いてあって、その向こうがベランダ。あまり女の子らしくない、シンプルな部屋。

「座ってて」

「うん」

部屋に入ると恭子さんは、すぐにコーヒーメーカーでコーヒーを落とす準備をする。

「濡れてない？　タオルいらない？」

「大丈夫です」

座ってて、と言われてもこの部屋にソファとか椅子はない。床にクッションがたくさん転がってるだけ。カバーは全部恭子さんの手作りだそうだ。そういうことは得意なんだって。

空いている壁際にクッションを立て掛けて床にも敷いて、壁に寄りかかって座る。前に来たときもそうした。恭子さんが陶器の小さな灰皿を手渡してくれたので、それを床に置いて、煙草を取り出して火を点けた。

コーヒーの良い香りがしてくる。紫煙が部屋を流れてくる。恭子さんが洗面所に入っていってすぐにドライヤーの音がしてきた。湿った髪の毛を乾かしているんだ。その音がすぐに止まって、洗面所を出てくる。コーヒーが落ちて、カチャカチャとカップの音がして、黒い丸いお盆にマグカップを載せて恭子さんが歩いてくる。僕の横にお盆を置いて、その隣に恭子さんが座った。

「どうぞ」

「いただきます」

何か音楽掛ける？　って訊くので別にいいですよって答えた。そんなに長居するわけじゃない。壁に掛かっている時計を見たら、あと十五分もしたら出なきゃ講義に間に合わない。このコーヒーを飲んだらちょうどいい時間だ。

恭子さんが一口コーヒーを飲んで、小さく息を吐いた。

「実は」

「うん？」

「さっき、すごく勇気を出した」

眼を伏せて、恭子さんが言った。

「さっき？」

「部屋に来る？　って」

反応できなくて、僕はただ小さく頷いてしまった。

その意味がわからないほど無粋じゃないつもり。でも、言われたときに気づかなかったんだからやっぱり無粋なのかもしれない。本当に何にも考えないで、ただ来てしまった。その言葉に込められた意味も考えないで。

「すみません」

反射的に言ってから謝ることはないよなって思ったら、恭子さんも小さく吹き出すように笑った。

「何で謝るのよ」

「いや、つい」

二人で笑ってしまった。笑ってしまったけど、その後に言葉が続かなかった。

気がついたら雨が強くなってきたみたいで、雨の音が聞こえていた。

## 五

決めていたような気がするんだ。

もし、今度、恭子さんを抱いてしまったら、そんなふうになったのなら、きちんと付き合おうって言おうって。

　別に真面目ぶってるわけじゃなくて、そうしなきゃなって思ってた。

　思ったけど、もちろん誰にも言わなかったし行動も起こさなかった。恭子さんにも、そんな素振りは見せなかった。見せちゃいけないって気がしていたのかもしれない。どうしてかって訊かれるとちゃんと答えられる自信はないけれど。何となく、としか言い様がない。

　無理やり、いつも通りにしていたのかもしれない。変な意地を張っていたんだと思う。

　去年、恭子さんの部屋に僕が行ったのは偶然というか、たまたまだと思っていたから。

　一緒に遅番をやっていたブチョウさんが、その日来たときから微熱があって辛そうにしていたんだ。帰った方がいいよって皆で言ったのにブチョウさんは真面目だから、動ける内は大丈夫だよって言ってずっとホールにいた。そろそろ閉店しようかって時間になって、急に怠(だる)そうに椅子に座ってしまったので熱を測ったら三十九度あって、これはマズイってなった。

　ブチョウさんも一人暮らし。そのまま帰しちゃダメだろう。大丈夫だからって言うブチョウさんを引きずるようにして、ナオキさんが大通十一丁目の夜間救急病院に連れて行った。

だから、緊急事態ってことで閉店時間になるのを待たないで、十時過ぎぐらいに僕一人でレジを締めていたんだ。

そこに、恭子さんが来た。

扉の前で鍵が掛かっていたから、あれっ？　て顔をして店を覗き込んだので、鍵を開けた。事情を話したら、僕のレジ締めが終わるまでの間、代わりに掃除をやってくれた。

きっとナオキさんに会いに来たんだと僕は思っていた。でも、実はもうそのときにはとっくに二人は別れていたんだけど僕は知らなくて、ただ二人はそんな関係だっていうのを聞いていたからそうなんだろうって誤解していた。

店を閉めて、二人で蕎麦屋に行った。

掃除を手伝ってくれたお礼にと思って奢って、蕎麦屋を出たら眼の前はススキノだし「ちょっと飲んでく？」っていう恭子さんの誘いに軽く「そうですね」って頷いた。いつものことだったからだ。バイトが終わって軽く飲むのはいつものこと、って思っていた。

いつも僕はそうだ。ちゃんと考えなきゃならない瞬間に何も考えないで、軽く頷いてしまうような気がする。

お酒を飲んで、少し酔った恭子さんを家まで送っていって。

そうだった。あの日は変に暖かい夜で雪が霙っぽくなったんだ。

濡れたからって部屋に上がってタオルを貸してもらって拭いていて、少し小降りになるまでコーヒーを飲みながら話していて。

そして、そういうふうになってしまった。

いいのかな、とは少し考えたけれども、そのときにも、ナオキさんのことは訊かなかった。訊くのはルール違反だろうと思っていたから。

大人の男と女の間のルールを、皆はどうやって覚えるんだろうと考えたり、話をしたりすることがある。たとえば、前に付き合っていた彼氏や彼女の話をしていいのか、思い出の写真とかはどうしたらいいのか、付き合っている相手がいるのに違う人と二人きりで食事をしたらダメなのか、とか。

〈D〉の仲間と飲むときには、男ばっかりだからだいたいはそういう女の話になる。いわゆる下ネタだ。周りに女の子がいたら絶対にできない話をする。一晩で七発やったとか、シーツについた血の染みは落ちないから気をつけろとか、終わった後にベッドで腕枕したままだと朝になったら痺れているから俺は絶対にしない、とか、あの子は実はこういうふうにしたら喜ぶとか、そんなのだ。大学生の男同士の飲み会なんて、酔っぱらったらそんな話ばっかりしてる。

そんな中でも、真面目な話になるときもある。〈D〉の仲間はバイトでずっと一緒だ。大学に行ってる以外の時間をほとんど一緒に過ごしているから、それぞれの性格も付き合ってる彼女のこととかも何もかもわかってくる。だから、もっと彼女のことを真面目に考えてやれ、とか。それは男として絶対にやってはいけないことだ、とか、別れるなら少しでも傷が浅い方がいいとか。そういう話を延々とする夜もあるんだ。

でも、男と女はいつでも一対一だ。どんなときでも自分で考えて自分で判断しないとならない。どっちが誘ったとか、関係ない。

僕は恭子さんを抱いてしまった。

恭子さんとナオキさんが、とっくの昔に別れていたのを聞いたのは恭子さんと抱き合ってしまった三日後だ。それも、ブチョウさんから聞いたんだ。二人でバイトが終わって帰る途中でそんな話になって、聞かされた。だから、恭子さんが平気で複数の男と寝るような女じゃないってことは、そのときにわかった。少し、ホッとした自分がすごく小さい男に思えた。

そして、僕は初めて会った日からずっと恭子さんを気にしていたってことを、自分で自分に認めた。

〈D〉にバイトに入った初日から恭子さんは常連として店に来ていて、同じ大学の先輩後輩だとわかると「頑張ってね！」って笑ってくれて、大学の構内でばったり会うようになると学校のことをいろいろ教えてくれたり、たまには一緒に昼ご飯を食べたりしていた。そんな恭子さんを僕はずっと見ていたんだと、認めた。でも、ナオキさんの彼女だと思っていたから自分の感情は押し殺していたんだ。

それなのに、恭子さんが今は誰の彼女でもないってわかったのに、あの日から何もなかったのは、付き合おうとかそんな会話を交わさなかったのは、恭子さんがいつも通りだったからだ。

初めて会ったときから、二人で抱き合ってしまってからも、僕に対する態度がまるで変わらなかったから。

そのままの方がいいんだろうかって思ってしまった。

あの夜は何かの気の迷いだったのかもしれないとか、他にもとても口に出しては言えないようなこともいろいろと考えたけれど、考えすぎる自分が嫌になってその内に何も考えずに、普通に大学の先輩後輩、お店の店員と常連でいた方が気が楽だったので、そうしてしまっていた。


だから、訊いたんだ。ベッドの中で。付き合うってことでいいですかって。

恭子さんは、こくん、って頷いた。少し恥ずかしそうに微笑んだ。

「嫌われたのかって思ってた」

恭子さんが言った。

「そんなはずはないでしょう」

そう言ったら、頷いた。

「コウヘイ、いつも通りだったから。だから、ずっと考えてた。これからどうしたらいいのかなって。私が卒業しちゃったらどうしようかな、とか」

お互いに、どうしたらいいのかな、って考えながら何もしないで半年以上が過ぎてしまっていたんだ。

「バカみたいだね」

恭子さんが言って、それには同意した。

「でも、恭子さん」

「なに？」

「姉貴にはしばらく内緒にしてください。それこそ今まで通りで」

恭子さんが、ちょっと首を傾げた。

「いいけど、どうして？」

「なんか、悔しいから」

今こういう状況で、姉貴に実は恭子さんと付き合うことにした、なんて言ったら絶対に勝ち誇った顔をするに決まってる。ほら、私の言った通りでしょ、とか言うんだ。それはかなり悔しい。

そう言ったら、恭子さんは笑って頷いてくれた。

講義はサボってしまったけれどバイトはサボるわけにはいかない。〈D〉の皆にもしばらくの間は黙っていようって約束して、恭子さんの部屋からまっすぐに店に向かった。

いつものように自転車を二階の事務所の廊下に置いて、事務員の進藤さんによろしくって手を振って、階段を下りて地下の〈D〉の扉を開けて、早番の皆に軽く手を振ってそのまま控室へ。

「あれ、エド」

　エドとブチョウさんが中のテーブルに座って煙草を吸っていた。

「今日シフトだっけ？」

「違うよ。ナオキさんと交代」

　新聞を読みながらエドが言った。エドは控室ではいつも新聞を読んでいる。世の中の動きについていかないと歌も唄えないとか言ってる。

「何か、ナオキさんから急に電話が来たんだって。今日代わってくれって」

　ブチョウさんが黒縁のメガネをちょっと指で上げながら言った。

「へー、何で？」

　エドに訊いたら新聞を畳みながら首を捻った。

「ぜんっぜん知らない。スマンけど頼むって」

「ブチョウさんも？」

「知らない」

　滅多にないことだ。ナオキさんは実質上バイトのチーフだし責任感は強い人だから、用事があるときには事前にきちんとするのに。

「じゃ、どっち厨房やります？」

「コウヘイやって。僕はソフトに入る」

了解です、と頷く。エドはいつものホール。

ナオキさんがいないと、交代のときも静かにやる。一応先輩であるブチョウさんが先頭に立って「おはようございます！」って出ていくけど、やっぱり照れて大きな声は出ない。ああいうのは照れをふっきらなきゃできないから、僕たちも苦笑いしながらしずしずと後から出ていく。

早番のカンジさん、コンタさん、ミッキーとそれぞれ引き継ぎ確認。お店は今はそんなに混んでいないけど、学校や仕事が終わってこれからが混んでくる時間帯。エプロンを腰に巻いて、厨房のオーダーも下準備も何もないのを確認すると、実は後は何もすることがないんだ。なので、庖丁を研いだり普段忙しくて洗えない大きな鍋を洗ったり、五徳を外して掃除をしたりする。

「何かあった？」

庖丁を研ごうとしていたら、エドがにこにこして声を掛けてきた。

「何かって？」

「いや、何となく。いいことがあったみたいな雰囲気だったから」

ちょっと驚いたけど、別に、って首を傾げた。

「何にもないけど」

顔にも態度にも出していないつもりだったけど、エドがそういうの鋭いのを忘れていた。ミュージシャンを目指そうなんて人はそういうものなんだろうかって思う。

早番で上がったカンジさんとコンタさんとミッキーが、控室で着替えた後にカウンターの端っこに来て、椅子に座る。何か用事があるときにはさっさと帰るけれど、大体この常連及びスタッフ専用になっているカウンターの端で、コーヒー一杯ぐらいの時間を潰していくんだ。

「コウヘイさ、あ、ブチョウもちょっと」

カンジさんが少し真面目な顔で呼んだ。ブチョウさんもソフトの方から歩いてきた。

「なに？」

内緒話をするときのようにカンジさんが頭を低くする。なので、皆が何事かって思って同じようにカンジさんに近づいた。

「あとでナオキにも言っておいてくれよ。わかんないけど、岡本さん辞めたらしいんだ」

「え⁉」

僕もブチョウさんもエドもびっくりした。コンタさんとミッキーは知っていたんだろう。ただ頷くだけだった。

店に来たときから、岡本さんの姿はなかった。でもそれは別におかしなことじゃない。店が暇なときには岡本さんは事務所に上がって社長と話をしていたり、進藤さんと一緒に事務の仕事をしたりすることもあるからだ。だから、てっきり事務所にいるんだなって思っていたのに。

「何で、って理由はわかんないのか」

ブチョウさんが言うと、カンジさんも頷いた。

「今朝さ、びっくりしたんだよ。開店して少ししたら進藤ちゃんが慌てたように店に飛び込んできてさ。誰か来てくれないかって涙声になってるんだよ」

「涙声？」

カンジさんが顔を顰めた。

「慌てて俺が事務所に駆け上がったらさ、岡本さんが私物まとめて出ていくところだった。挨拶も何もなしで、ただ『済まんな』って一言言い残して」

ブチョウさんとエドと顔を見合わせた。

「社長は？」

「いなかった。でも、進藤ちゃんの話では、朝出社したら社長と岡本さんがいきなりケンカを始めて殴り合いになりそうだったんだって。それでどうしようどうしようってなって、店に俺らを呼びに来たらしい」

「殴り合いぃ？」

エドがうっかり大声を上げそうになって、慌てて口に手を当てていた。お客さんがいるんだからスタッフが騒いじゃいけない。

「とにかく、それっきりなんだ。もちろん社長から何の説明もないし、岡本さんも店に顔を出さない。〈ドール〉と〈ロード〉にも電話して確認したけど、もちろん行っていない」

「とにかく、何にもわかんないんだね？」

ブチョウさんが言って、カンジさんが頷いた。

「進藤さんは？　何か言ってなかったんですか」

「何も知らないって。何かわかったら教えに来てくれるって言ってたけど、まだ来ない」

進藤さんは五時半には帰る。

「事務所には社長がいるかもしれないから、俺らが訊きに行けないからさ」

「わかった」

ブチョウさんがちらっと天井を見た。

「進藤さんが店に来たら、いろいろ聞いておくから」

頼むな、ってカンジさんが言う。

「誰かさ」

コンタさんだ。

「岡本さんの家、知らないのか？」

皆で顔を見合わせた。

「知らない」

「確か、真駒内（まこまない）だったよな？」

そうそう真駒内だってエドが言った。

「ボク、前に地下鉄駅で会ったことあるもん。ここだったの？　って訊いたら頷いてた」

「それだけじゃわからんな。進藤ちゃんに訊いてくるか？　岡本さんの家」

コンタさんが言う。

「家に行って理由を聞いてくるってか。やめとけよ」

「なんで」

「奥さんに内緒かもしれないだろ。俺らが顔出して家庭争議になったらどうすんだよ。あんだけ、仕事とプライベートに一線引いてた人なんだぞ」

カンジさんが言ったらコンタさんも、あぁ、って頷いた。そう。僕はまだバイトを始めて一年ちょっとだけど、六年もやってるナオキさんだって岡本さんの家は知らないんだ。一度も酒を飲みに行ったこともない。

お客さんが入ってきたので、話がそこで途切れた。

「とにかく、ちゃんと進藤さんに聞いておくよ」

ブチョウさんが言って早番の皆が頷いた。お客さんは女性が一人。常連ではないみたいで、どこに座ろうかと迷っていたので、ホールのエドが案内する。

「テーブルがいいですか？　カウンターでもよろしいですよ」

女性が頷いて、空いているテーブルに座るとすぐにエドがお冷(ひや)と灰皿とメニューを持っていく。うちのメニューの見方はちょっと独特なので、お冷と灰皿を置いたエドが説明する。

「こちらがソフトドリンクのメニューになっています。コーヒーはストレートはございません。ブレンドかフレンチかアメリカンのみです。アイスコーヒーは年中ございます。それと、こちらはフードメニューです。フードを頼むとコーヒーはどれでも全て百円。他の飲み物は全部百五十円追加でご注文いただけます。お決まりになりましたらお呼びください」

いつものエドの丁寧な説明の仕方。他の人は、僕も含めてもっとラフな口調で言う。何でもエドはイギリスの執事みたいな感じでホールをこなしたいそうだ。

戻ろうとしたエドを呼び止めて、お客さんはバナナジュースをオーダーした。エドが戻ってきて伝票に書きながらソフトのブチョウさんに言う。

「バナナジュース、ワンです」

ブチョウさんが慣れた手つきでオーダーを作り始める。じゃ、上がるわ、って声を掛けてカンジさんとコンタさんが帰っていく。ミッキーはまだいるみたいで、煙草を吹かしながら二人に軽く手を振った。僕もオーダーがなければヒマだ。岡本さんのことは気になるけど何もできないので、そのまま庖丁を研ぎ始めた。

「明日、常連さんに訊かれたら何て言うかなー」

ミッキーが訊いてきたので、首を傾げて見せた。遅番組の常連さんと、早番組の常連さんは被(かぶ)っている人たちもいるけれど、まったく違うメンバーもいる。そして、早番組の常連さんたちは、当然だけど出社前や昼休みにやってくる大人の人がほとんど。

岡本さんのことを知っている人も多いんだ。

「とりあえずは、休んでいるとでも言うしかないんじゃない？」

エドが言った。

「ひょっとしたら、明日の朝にひょいって顔を出すかもしれないじゃん」

「それならいいんだけどねー」

ミッキーが言って、僕もそうだね、って頷いた。

岡本さんは、優しい人だった。そして初めて接した〈大人の仕事仲間〉だ。アルバイトの仲間じゃなくて、ちゃんとした社会人で一緒に働いた人。

岡本さんにいろいろ教えてもらったのは僕だけじゃない。〈D〉の仲間は全員一度は控室で岡本さんに一対一で話を聞いてもらっている。いろいろと相談に乗ってもらっている。僕はアパートを引っ越すときに決め兼ねたので相談したことがあるんだ。そのときには知り合いがいる不動産屋さんを紹介してもらって、すごく助かった。

もう半年ぐらい前に辞めたんだけど、黒川（くろかわ）さんっていう先輩がいた。

今は三年生。僕より一年ぐらい前に入って、働いていた人。あれから二度と店に顔を出していないけど、カンジさんやコンタさんと同じ大学で、一応は元気にして通ってるそうだ。

気の良い先輩だった。愛嬌があるっていうのか、いつも場を賑やかにして人当たりも柔らかくて皆に好かれていた人だった。

その黒川さんが、二、三日元気がなくてどうしたのかなって思っていたら、岡本さんに相談があるって言い出したらしい。控室に籠もって二人で随分長い間話していた。一時間ぐらい話していて、出てきた黒川さんは本当に落ち込んでいて、そのまま帰っていった。

何があったのか、岡本さんは他のバイトの皆には一切何も言わなかった。ただ、ちょっとトラブルがあって相談されただけだって。何とかするみたいだから心配するなって。

だから、本当に何があったのかは、随分経ってからカンジさんがぐるっと回って大学の同級生から聞いた話として知らされたんだ。

黒川さんは、遊んだ女性を妊娠させてしまったらしい。それも、学生じゃなくて社会人の女の人。皆でそんな女性は店に来たかな、とかいろいろ話したけど結局誰かはわからなかった。

　黒川さんとしては、失敗してしまったということだ。単なる遊びだった。でも、女の人は妊娠してしまったんだからきちんと責任取ってほしいと言う。親にはとても相談できなかった。だから、どうしようもなくて黒川さんは岡本さんに相談した。

　本当かどうかは確認できていない。岡本さんは黒川さんと一緒にその女の人と会って、お金で解決したらしい。子供は堕ろすことになったらしい。お金はどこから出したかと言うと、岡本さんが社長に掛け合って出させたらしい。黒川さんはそれからもしばらくはバイトしていたけれど、たぶんバイト料は全部天引きだったろう。

　こう言ってしまうと簡単だけど、岡本さんはその女の人の親のところまで行って話してきたらしいんだ。男と女のことではあるけれども、そしてもちろん黒川さんの責任は大きいけれども、社会人が学生を相手にする際の責任は社会人側も大きいだろうとか、そういう話を。

　すげぇなって皆で言っていた。どうして単なるバイトなのにそこまでしてくれるんだって感動してた奴もいた。

そういう人なんだ、岡本さんは。うちの店長は。

学生の僕たちに、アルバイトとは、お金を稼ぐっていうことはどういうことかをきちんと教えてくれる。いつでもきちんとしてる。責任と義務ってことを肌で感じ取らせてくれる。周りから、社会的に見ればただの喫茶店の店長なんだろう。それほど偉くもなければ凄くもない職業って思われると思う。

でも、岡本さんは立派な人なんだ。その人が、僕たちに何の説明もなしにいなくなるっていうのはよっぽどのことだって、皆は言わないけど思っていた。

それと同時に、社長のことも皆は尊敬してる。四つも喫茶店を経営して、アルバイトを何十人も使って、そしてもう二十年も会社をやっているんだ。それだけで商才がある人だってわかる。もっとすごいのはお店のこともほとんど僕らに任せてくれるところだ。

新しいメニューもお店の雰囲気作りも何もかも口は出さない。全部「お前が最終的に決めろ」ってバイトの僕たちに言う。

見抜くんだ。僕たちアルバイトの中からそういう才能がある人を見抜いてさっさと任せちゃう。そしてそれがほとんど成功してる。岡本さんもよく言っていた。「僕はただの管理人だよ」って。社長が決めたことを、上手く回るようにバイトたちを見ながら調整しているだけなんだよって。

でもそれも、社長が岡本さんのそういう資質を見抜いているから今までこうしてずっと上手く回っているんだ。他のアルバイトをしている大学の友達と話すと、どれだけ〈D〉や〈ドール〉と〈ロード〉や〈M〉のバイト仲間の仲が良いかがわかる。働く環境がいいかわかる。皆が驚いているんだ。そんなに楽しくて、良い環境のところなんかほとんどないぞって。

それは社長と岡本さんが作ってきたものなんだ。

## 六

どんなことがあっても、店は開いていてお客さんがやってくる。僕たちは、働く。今まで先輩たちが作ってきたお店の雰囲気をそのままに、皆で作ってきた味を守って、お客さんに良い時間をこの店で過ごしてもらうようにする。

それが、僕らの仕事。それが僕らアルバイトの役目。

六時近くになってから進藤さんが来てカウンターの端に座った。誰がどう見ても落ち込んでいるのがわかったけれど、店が忙しくなっている僕らはただ（後でね）と眼で合図するだけで話は聞けない。ミッキーが残っていたので話を聞くのは任せて、オーダーをこなしていく。

「進藤さん、何か食べる？」

オーダーをこなす合間を縫って訊いた。

「食べた方がいいよ。腹減ってるとろくなこと考えないからさ」

隣で話を聞いていたミッキーも言って、進藤さんも頷いた。

「じゃあ、グラタン。パンプキングラタンを」

「あ、じゃあ俺も食べるわ。インディアンにミートかけて」

「了解」

インディアンっていうのはカレースパゲティだ。普通のカレーがかかっているんじゃなくて、要するにカレーピラフのスパゲティ版。これにミートソースをかけると本当に美味しいんだけど、残念ながら裏メニュー。僕たちバイトしか食べない。何故かというと単価が上がってしまうから、今の一律のスパゲティの値段じゃ赤字になってしまうから。

でも、そろそろスパゲティの値段を一律じゃなくてバラバラにしようかって話を岡本さんともしていたんだ。そうなるとメニューも全部作り直さなきゃならなくなって、経費が掛かる。その経費を掛けて値段を改定してはたしてうまくいくかどうか。

その判断をするのは岡本さんであり、社長なんだ。僕らバイトはただ自分たちの考え方やアイデアを言うだけでいい気楽な身分。どんなに失敗しても、ちょっとサボっても、アルバイト代は変わらず貰える。働くっていうのは大変だって少しはわかるつもりだけど、まだ本当のところではわかっていないと思う。

忙しく働きながら、岡本さんが顔を出してくれるんじゃないかって、扉が開く度に思っていた。でも、残念ながら岡本さんは来なかった。

ミッキーがずっと進藤さんの話を聞いていた。もちろん大きな声では話せないことだから、二人でご飯を食べながらひそひそと。

「コウヘイ」

オーダーをこなしていたら、ミッキーが呼んだ。立ち上がって自分たちの食べた皿を片付けている。進藤さんはいないからトイレにでも行ってるのか。

「進藤さん、帰るっていうから、心配だから途中まで送ってくわ」

「わかった」

「すぐ戻ってきて、進藤さんに聞いた話教える」

進藤さんがトイレから出てきた。確かにまだ相当情けない顔をしてる。

「元気出して。進藤さんのせいじゃないんだからさ」

そう言ったら、小さく笑って頷いた。

「帰るね。また明日。仕事頑張ってね」

「うん。お疲れさまでした」

進藤さんが歩き出して、エドとブチョウさんとも声を掛け合って、店を出ていった。ブチョウさんが片付けものをしながら、厨房まで来た。

「相当落ち込んでるな進藤さん」

彼女は二十二歳。だからブチョウさんたちと同い年なんだ。実は社長の親戚らしい。親戚って言っても大分遠いらしいんだけど。滝川（たきかわ）の商業高校を出て、そのままここに就職したからもう四年になるんだ。

地味な女の子なんだ。失礼だけど、本当に失礼だけど容姿も性格もかなり。それはブスってことじゃなくて、クラスに必ず二、三人はいる、本当に目立たない普通の女の子ってことだ。卒業したらすぐに名前も忘れてしまうような。

年も近いからたまに僕たちも進藤さんを飲みに誘う。そうしたら、本当にたまに付き合ってくれる。いつもじゃないのは、お酒が弱いのと、社長にアルバイトとの恋愛は禁止って言われているからなんだ。

何でも、進藤さんの親には、うちの社長の仕事は結局水商売で、そこの経理と言ってもつまりはそういうことでだらしないに決まっていると思われているらしい。じゃあそんなところにどうして就職させたんだって話になるけど、その辺は何故か曖昧(あいまい)にされてて進藤さんも話さないし、僕らも訊いたりはしない。

ただ、ナオキさんの話だと、どうも複雑な親族及び家庭事情があるらしい。詳しくはナオキさんも知らないんだけど、彼女が入社するときに社長が言ったらしい。「あの子に言い寄る奴がいたら即刻クビだから」って。それはアルバイトで入るときにチーフ格の人から説明される。これは本当だから気をつけろよって。

「進藤さんもさぁ、そう考えるとキツイと思うんだよね。毎日事務所に一人でしょう？　いても社長と岡本さんだけで、年が近い同僚がいるわけでもないし、僕たちと一緒に騒ぐと社長に怒られるし」

「そうですよねー」

オーダーがないのをいいことに、厨房の奥でブチョウさんと二人で煙草を吹かした。ここは常に換気扇が回っているからちょうどいいんだ。

「いつもさぁ」

ブチョウさんが本当に心配そうな顔をして言う。

「社長と岡本さんの間に板挟みでさ。喧嘩の仲裁もしょっちゅうしているんだよね」

それは初耳だった。

「地下鉄で一緒になるときに、聞いたことがあるんだ」

そうだ。ブチョウさんのアパートは北二十四条で進藤さんは麻生。同じ南北線で二駅違い。

「喧嘩の原因は？」

「それは言わない。あの子、真面目だからさ。ただ別に社長と岡本さんが憎み合ってるとかじゃないとは言ってたけどね」

そうだったのか。でもそんな話を今までしなかったブチョウさんも真面目だ。いやそれはわかっていたけれど。

すぐに帰ってくるって言ってたミッキーは全然帰ってこなくて、でも鞄は置いてあるから戻ってくるんだろうって話をして、いつも通りに仕事をこなしていた。

いろんなお客さんが来る。高校生や大学生はもちろんだけど、ずっとこの店に通っているという社会人の人も多い。仕事が終わってやってきてここで晩ご飯を食べて、何となく集まった面子（メンツ）でその後で飲みに行ったりするっていうのも多い。

ただ、店にやってくる常連さん皆が皆、普通の人、あるいはいい人とは限らない。

要注意人物もいるんだ。僕が知ってるだけでも三人。それはアルバイトの間できちんと伝えられるんだ。

〈あの人が来たら、こうしろ〉

その内の一人である〈帽子の親父〉が来たので、エドとブチョウさんと僕の間に緊張が走った。たまたま店に来ていた常連で、それを知ってる社会人のハマさんも新聞を読みながら僕たちに目配せしてきた。

〈帽子の親父〉は別に店の中で悪いことをするわけじゃない。背格好は、どこにでもいそうなくたびれたじいさんだ。年齢はたぶん五十代後半か六十代。細身で小柄。着ている服装は地味。名前の通りにいつも帽子を被っている。仕事は何をしているのかはさっぱりわからない。来るときには一ヶ月に何度も来るし、来ないときには半年以上も来ない。

〈帽子の親父〉の何が要注意人物かというのは、一人で来ている若い女の子、もしくは女の人を店の中で物色して、その子が店を出て行くと後を尾けるんだ。後を尾けて何か悪さをするのなら問答無用で警察に言うんだけど、何もしない。とにかくただ、後を尾けていくだけ。社長の話によると、もうかれこれ十年は〈D〉に通っているって言う。一度警察にも相談したんだけど、何もしないんじゃあ警察にはどうしようもないで終わってしまったらしい。

なので〈D〉のアルバイトには使命が言い渡されている。もし、〈帽子の親父〉が女の子の後を追って店を出ようとしたら、さりげなく邪魔をすること。つまり、レジでもたもたする。釣り銭をばらまいてしまったり、釣り銭がなくなったふりをしたり、さらにもたもたしたり。

他にもいろいろな方法があって、それを僕たちは眼で合図してわかりあえるほどに熟知してる。いつもいつもってわけじゃないんだ。〈帽子の親父〉はただ普通にコーヒーを飲んで、三十分ぐらいいて、黙って帰って行くこともある。ひょっとしたらそういう日の方が多いかもしれない。それは、店の中に気に入った女の子がいなかったからなのかどうかはわからない。

追い出すわけにもいかないんだ。だからホールにいるバイトは常に〈帽子の親父〉の動向を見るようにしている。

今日は、その日だったみたいだ。

ホールにいるエドがうまくやった。〈帽子の親父〉が目をつけたらしい女の人が立ち上がってレジに向かった。社会人風の女性だ。当然〈帽子の親父〉も立ち上がって伝票を持ってレジに向かう。

レジの担当はブチョウさん。普段通りにお釣りを渡した段階で、ホールをやってるエドがその女性に声を掛けた。

「あ、すみません、ちょっとだけいいですか？」

きれいな顔をした男の子で、いかにも音楽やってる風のエドに声を掛けられて、イヤがる女の人はいないと思う。その人も、少し微笑みながら「なんですか？」って受け答えをする。

その間に、ブチョウさんがレジまでやってきていた〈帽子の親父〉に素早く言う。

「はい、ありがとうございましたー。ブレンドコーヒー三百円になりまーす」

受け取ってにこやかにさらにすばやく扉を開ける。

「ありがとうございましたー！」

その間、エドは女の人に自分のライブを見に来ないかってチケットを見せながら話をしているんだ。〈帽子の親父〉が出ていって、階段を上がっていったのを確認してから、ブチョウさんが今度はその女の人にきちんと説明する。

「すみません、実は」

さっきの男性はこういう人なんです。お時間があるなら、もう少し店にいてくれた方が安全かもしれません。女性がちょっとびっくりした顔をして「それじゃあもう少しいます」って言うので、ブチョウさんが言う。

「カウンターに座っててください。もし良かったら何でも注文してください。それはお店のおごりです」

迷惑を掛けているのは、そういうお客に上手く対処できない店側の責任。そういうふうに社長は言うんだ。だから、ドリンクでも食事でもこの人にはサービスする。そして、怖がったりしないようにしっかり相手をしてフォローするんだ。エドとブチョウさんが女性の相手をしていたので、僕がすばやく店を出て行く。階段を昇って〈帽子の親父〉がいないかどうかを見る。もしいたなら、にっこり笑って言うんだ。

「何か忘れ物ですか？」

何だったら、僕じゃあまり迫力はないけれども凄んだっていい。でも、幸いその姿はなかった。念のために曲がり角まで行って周りを見て、地下鉄の階段を駆け降りてその辺で待ち伏せたりしていないかどうか、十分に走り回って確認する。

それで、ようやく安心してお客さんに伝えるんだ。もう大丈夫みたいですって。もちろん、その人には十分注意して帰ってくださいって。本当に不安がっていたら、地下鉄に乗るまでとか、一緒についていってあげたこともあった。

まぁ実は以前にそうやってついていってあげて、その女性の家まで行って結局朝まで帰ってこなかったバイトもいるんだけどね。その辺は笑い話になっている。

「ボクはこれで三回目だったなー〈帽子の親父〉」

その女性が安心して帰った後に、エドが言った。

「三回目でようやく当たったね」

「僕は、もう覚えてないな。後を尾けようとしたのは十回ぐらいかな」

ブチョウさんが洗い物をしながら言った。僕はこれが四回目だった。後を尾けようとしたのは二回目。割合からすると多いかも。

はた迷惑なじじいだと思う。これで顔形も姿も怪しかったり汚かったりしたら警察も本気になってくれるかもしれないし、こっちも入店お断りとかできるんだけど、見た目にはまぁただの貧相なおやじにしか見えないんだ。さすがにそのぐらいで入店拒否はできないから。

世の中にはいろんな人がいる。それがわかっただけでも〈D〉でバイトできて良かったと思ってる。

たくさんお客さんがいるのにいきなり痴話ゲンカを始めて、揚げ句の果てに男が女を殴って警察に連れて行かれるカップルが現実にいるなんて思ってもみなかった。その他にも警察沙汰はある。飛び込むように店に入ってきてそのままトイレに駆け込んだから、よっぽど我慢していたのかって笑っていたけどそのまま出てこなくて、心配になってトイレの戸を叩いたら今度は怒鳴り出して、警察を呼んだら中で覚醒剤をやっていたヤクザとか。

客商売をやっていると、いろいろあるんだ。社会に出ると、いろんな出来事があるんだ。そういうのを僕は〈D〉のバイトで実感していた。

ミッキーがようやく帰ってきたのは十時を回ってから。

「どこで何をしてたの」

訊いたら、うーん、ってなんか照れくさそうに笑った。

「まさか進藤さんの部屋まで行ったわけじゃないよね」

ミッキーはカナちゃんと付き合ってるからそんなことはないと思うけど、一応訊いたら、慌てて首を横に振った。

「そんなことするわけないよ。進藤さんはちゃんとまっすぐ家に帰ったよ。地下鉄に乗るまで見送ったから」

「じゃあ、何してたの？」

エドが訊いたら、ちょっと口を尖らせた。

「まぁ、それも後から。ほら、お客さん」

今日は、混んでいたんだ。十時を回ってもカウンター以外のホールの席は満席。オーダーも途切れなく入っている。こういう日は十一時までしっかり営業して、その後の片付けにも時間が掛かるから、部屋に帰るのは日付が変わってからになる。

ブチョウさんがレジを締めている間に僕とエドは掃除。ミッキーも手伝ってくれてるのでどんどん進む。全部片付けて、着替えて、どっか飲みに行こうかって話したけど微妙な話になるからこのままここで話そうとなった。

それぞれに好きな飲み物を持ってきて、ホールの真ん中にある六人掛けのいちばん広いテーブルについた。

煙草に火を点けて煙を吐いた。

「まず、進藤さんの話だけどさ」

ミッキーが言う。

「はっきりした原因はわからない。でも、もう何年も前から社長と岡本さんの間で喧嘩はあったらしいんだ。僕らはまったく知らなかったけどさ。ブチョウさん知ってた？」

うん、ってブチョウさんは首を縦に振った。

「そういうのがある、っていうことだけはね。詳しくはまったく知らない」

ミッキーも、うん、って頷いた。

「進藤さんも理由は誰にも言ってないし、言えなかったって。でね、進藤さんの推測でしかないんだけど、原因は二つあるんじゃないかって。まず一つは、社長が使途不明のお金を使い過ぎるってこと」

「うん？」

エドは首を傾げた。

「使途不明の金、って？」

「進藤さんの話によると、会社のお金を使っているんだけど、何に使っているのかわからないので経費として計上できないお金だってさ」

僕もブチョウさんもエドも考えてしまった。

「えーと、それは社長として拙いって話なんだね、きっと」

ブチョウさんが言って、ミッキーは頷いた。

「経理の進藤さんが困っているんだから、そうなんだろうね。社長なんだから会社のお金をどう使おうが自由だと思うんだけど、会社としてはそうはいかないってことかな？」

そうなんだろうな、としか言えない。会社の経営のことなんか何にもわからないけど。

「ようするに、社長は会社の利益をムダに使って遊び過ぎてるってことだ。それを岡本さんが怒っていたんだ」

エドが言う。

「そう。岡本さんも立場的には強くは言えないんだろうけど、それで二人は喧嘩してた」

うん、って皆で頷いた。それは、わかった。

「で、もう一つなんだけど」

ミッキーが言いにくそうな顔をした。

「これはさすがに進藤さんも勘違いであってほしいって言ってたんだけどさ」

「なんだよ、早く言ってよ」

エドが急かした。

「あのね、社長とさ、岡本さんの奥さんが浮気してるんじゃないかって」

「ええっ⁉」

思わず三人で声を上げてしまった。

「本当に⁉」

ミッキーにそう訊いてもしょうがないってわかっていたけど、思わず訊いてしまった。

「僕もびっくりしたし、進藤さんも確かめたわけじゃない。ただ、この一年ぐらい、事務所に掛かってきた電話とか、社長と岡本さんの態度とか、進藤さんが事務所留守にして、帰ってきたときにたまたま立ち聞きしちゃった二人の話とか、そういうのが積もり積もって、総合的に判断すると」

「浮気なの？」

エドが言ったら、ミッキーは頷いた。

「進藤さんは、そう言ってた。今回の岡本さんが急に辞めてしまったのも、それが直接の原因になったんじゃないかって」

「うわぁ」

マジかよ、ってエドが頭を抱えた。ブチョウさんが、眉間に皺を寄せた。

「これさ、皆。コウヘイ、ミッキー、エド。ちょっとしばらくの間、この四人の中の秘密」

「どうして？」

ブチョウさんが顔を顰めた。

「悪いけど、カンジもコンタもちょっと口の軽いところがあるから。コウヘイとミッキーとエドは、そういう意味では信用できるから。だって、こんな話が広まっちゃまずいよ。お店としても、岡本さんにしたって」

「まぁ、そっか」

エドが頷いた。

「確かにこのメンバーは、口が堅いかも」

そうかもしれない。カンジさんとコンタさんは、悪い奴じゃないけど確かに考えなしにいろいろ喋っちゃうところはある。

「でも、ブチョウさん。しばらく内緒にするのはいいとしても」

皆の顔を見た。

「これ、どうすればいいんですかね」

なんだか、このまま八方塞がりで終わってしまうような気がする。

「本当にそうなのかどうかを確かめることもできないし、確かめようとして何かしたら、余計に事態を混乱させるような気もするし」

「確かに」

ブチョウさんが頷いた。

「まぁそれはさ」

エドだ。

「なるようにしかならない、ってことで納得するしかないんじゃないかな。ボクたちはただのアルバイトなんだし、社長に何か意見なんかできないし、する必要もないだろうし」

「それは、そうだよな」

ミッキーも頷いた。

「でも、進藤さんが可哀相だよ」

ブチョウさんだ。

「進藤さんがあれだけ落ち込んでいるってことは、何か他にもあるんじゃないかな。今日、店でミッキーには話せなかったようなことが、他にも」

「他にも？」

「だって、今の話は要するに二人の男が金と女のことで喧嘩して、結局仲違いしたってことだよね？　ちょっと岡本さんには申し訳ない言い方だけど」

確かにそうだ。社長が会社の金をどう使おうと、それこそただの事務員である進藤さんにはどうでもいい話だし。

「まぁそう言われれば、浮気だって進藤さんにはどうでもいいよね。別に岡本さんの奥さんと友達でもないんだしね」

エドも頷いた。

「だからさ、他に、進藤さんがひょっとしたら自分のせいだって思うような何かが、他にあるんじゃないかな。誰にも言えなくて悩んでいて、それであんなに落ち込んでいるんじゃないかな」

ミッキーも僕もエドも頷いた。

「そうかもしれない」

「じゃあ、進藤さんに、もっとちゃんと聞いてみた方が」

ブチョウさんが、そうだね、って腕を組んだ。

「ナオキと一緒に進藤さんと店じゃないところで会うよ。会って話を聞く。なんたってナオキは進藤さんが入社したときも知ってるし、いちばん長くここにいるし」

そこで、ブチョウさんは、あ、って感じで口を閉じてしまった。

「し？」

僕とエドが同時に言った。ブチョウさんは、しまった失敗したって顔をしてる。

「他にもあるんですか。進藤さんに話を聞くのに、ナオキさんと一緒にいく理由が」

眉間に皺を寄せて、ブチョウさんは頷いた。

「内緒だからね。進藤さんはナオキのことをずっと好きなんだよ。もちろん、告白なんてできないし、あの子はほら、必要以上に自分のことを卑下する傾向があるからさ。ナオキが自分のことを見るはずがないって、あきらめているからさ」

ブチョウさんが、絶対に内緒だからねって続けた。

僕とエドは顔を見合わせて小さく頷いた。ミッキーも何となくそんな顔をしていた。今の話からすると、ブチョウさんは僕たちが思っているより、進藤さんと親しく話をしてるってことだ。それこそ、ナオキさんが好きだって知ってるってことは、そういうことだ。

そこは、黙っておいてやろうかって、三人で暗黙の了解をしてしまった。

「いや、でも」

ミッキーだ。何を言い出すんだって思って僕とエドはミッキーを睨んだけど、違う違うと手を振った。

「ナオキさんと一緒に話を聞きに行くっていうのはいいけどさ」

「けどさ?」

エドが言ったら、ミッキーが何だか微妙な表情をした。その表情のまま僕を見た。

「なに?」

「いや、さっき、進藤さんを送っていって、そのまましばらく帰ってこなかったろ?」

そうだね、って皆で頷いた。

「あのさ、見ちゃったんだよね。それで、びっくりしてつい後を尾けちゃってさ」

「後を尾けた？」

「誰の？」

ブチョウさんが訊いた。ミッキーが頭を掻いた。

「ナオキさんとさ、お姉さんが一緒に歩いているのを」

「お姉さん？」

「誰の？」

エドが訊いた後に、えっ？　って顔をして僕を見た。それで、僕も気づいた。

「え？」

ミッキーを見たら、口をへの字に曲げながら、頷いた。

「僕の姉さん？」

「そうなんだよね。なんだか、腕なんか組んじゃってさ」

ブチョウさんも眼を丸くしていた。エドは何だかわくわくした子供みたいな顔をしてる。

「どこ行くんだろうと思っていたら、しばらくウインドウショッピングとかして、お茶して、そしてさ、駐車場から〈D号〉を出してどこかに行っちゃった」

「〈D号〉で」

それは、〈D〉で働いている人間が自由に使えるうちの会社の車。スズキのジムニーだ。荷物運びとかはもちろん、遊びに行くときも事前に言えばいつでも借りられる。

〈D号〉で、姉さんとナオキさんが？

# 七

「間違いないのそれ？　本当？」

ブチョウさんが慌てたように訊いたら、ミッキーは大きく頷いた。

「この眼で確かに見た」

えー、とか、あー、とか、うーん、とか。そんなような驚きとも何ともつかない声を僕とエドとブチョウさんはそれぞれ出して、そしてしばらくの間沈黙してしまった。

それぞれに煙草を取って、火を点けて、そのまま吹かす。

ブチョウさんもミッキーもエドも、そして僕もそうだけど、どちらかって言えば騒ぐタイプじゃない。無口なわけじゃないけれど、先頭を切って走ったり喋ったり場を盛り上げるタイプじゃない。ここにナオキさんがいたなら「よし、整理しよう」なんて先に声を上げてくれると思うんだけど。

姉さんが、ナオキさんとデートしていた。しかも車で走り去った。

それ自体は別にショックでも何でもない。そうかぁ、と思うだけだ。実際ナオキさんはいい男だしいい人だし、姉さんと一緒にいるところを想像しても何か似合っているような気がする。それ自体はいいんだけど、このタイミングでというのが。

「まぁ」

しょうがなくて、最初に言った。何せ話題に上ったのは僕の姉さんなんだ。

「姉さんとナオキさんがデートしていたとしても、それはそれってことで」

「だよね！」

ミッキーが慌てたように言う。

「いつものことじゃん」

エドが笑った。そう、ナオキさん絡みの女の話題はいつものことだ。それが、相手の女性が姉さんだったというだけで、大したことじゃない。ブチョウさんはまるで家が火事で焼けました、みたいな感じの顔をしていたけどそれもいつものことだ。ブチョウさんは何かというとすぐに心底不安そうな顔をするんだ。

「いつものことだし、後で部屋に帰ってから姉さんに訊けばそれで済むことだから」

「帰ってこなかったら？」

エドが言った。

「それはそれで、別の意味で済んだってことじゃん。詳しくは訊かなくてもいいよね」

まぁね、ってエドが笑う。ミッキーは微妙な顔をして、ブチョウさんはますます深刻そうな顔をした。

「とりあえずそれは置いといて、岡本さんや進藤さんの話を片づけないと。この後どうするかを決めないと落ち着かないよね。それこそヒロコちゃんの件もあるんだし」

「そうだよな！」

ミッキーが大きく頷いた。きっと自分が余計なものを見てしまったって、ちょっと反省というか、申し訳なく思ってるんだ。

「だから、姉さんとナオキさんのこともこの四人の間で止めておこう。二人が何か言ってくるまで知らないふりをしてよう。別に二人とも大人なんだから、デートしようが何しようが勝手なんだからさ」

「その通りだね」

　エドが肩を竦めた。

「ヒロコちゃんは人生がかかった話だし、岡本さんの件だって、ボクたちはさんざんお世話になったんだよ。そっちに比べたらささいなことだよ」

　そういうこと。まぁ弟としては姉の男絡みの話なんかは大して聞きたくもないし、考えたくもないし。

「ヒロコちゃんの件は皆で話さなきゃならないから、まずは岡本さんの話だよ。どうするか。とりあえずブチョウさんの言うように、進藤さんにもう少し話を聞いてからにするってことでいい？」

「いやぁ」

　ずっと深刻な顔をしていたブチョウさんが、お腹から絞り出すような声を出した。少し、怒ってるような。

「悪いけどさ、僕は放っておけないな」

「何を?」

「ナオキと、お姉さんのことだよ。そもそもさ、ヒロコちゃんだってあの子が一番信頼してるのはナオキじゃないか」

それは、その通りだ。そして、僕もミッキーもエドも「あ、これはマズイな」って眼で合図し合った。このブチョウさんは、完全に、静かに怒っているパターンのブチョウさんだ。酔っぱらったときとかこういうふうになるんだブチョウさん。

「進藤さんだって、実はナオキのことが大好きなのにずっとその気持ちを封印していて、それにナオキはまったく気づいていないで女と遊び歩いてさ。あいつなんか、前に自分が遊んだ女を進藤さんに預けたこともあるんだよ。今晩泊めてあげてとか言ってさ」

「あー、あったね」

エドが言って、僕もミッキーもあったあったと頷いた。

「つまり、全部ナオキの女絡みじゃないか。それなのに今度は会ったばかりのコウヘイの姉さんとさ、バイトを代わってもらって遊んでるってさ。これは許せないよ。今回ばかりは僕は言うよナオキに。コウヘイだって頭に来るだろ?」

いや、特に頭には来てないんだけど。

「それに関してはコウヘイが怒るべきなんだよ。何をやってるんだってさ。まぁそれはいいけどさ、いや良くないけどさ」

ダメだ。ブチョウさんは本当に頭に来てる。静かな口調だけど腹の底から声を出している。

「朝まで待ってられないよ。ナオキを探すよ。探して、お前は何をやってるんだって。バイトのエースなんだから、岡本さんのことで一番走り回らなきゃならないのはナオキなんだからさ」

「いや、探すったって車でどっか行っちゃったから」

ミッキーが言った。

「どうせラブホだろう？　あいつが行くラブホなんて決まってるよ。〈ＸＯ〉か〈マリドール〉のどっちかじゃないか」

「いや待ってよブチョウさん。落ち着いてよ」

両手を広げて言った。このまま放っておくと本当にラブホに乗り込み兼ねない。普段は本当に大人しい真面目な人なんだけど、とんでもないときにとんでもないことをするんだこの人。

「ラブホ行ったとは限らないですよ。だって姉さんと、その、エッチしようと思ったんなら自分の部屋に行けばそれでいいんだから」

　あんまり想像したくはないけれど。

「そもそもナオキさんが車でラブホ行くのはさ、札幌の女と遊ぶときだけじゃないですか。自分の部屋を知られたくないからでしょ？　後で押しかけてこられても困るから」

「そうそう、そうだよ」

　エドも頷いて続けた。

「コウヘイのお姉さんをラブホに連れ込む理由はないよ。東京に住んでる人なんだし、そもそもコウヘイのお姉さんなんだから自分の家を隠したってしょうがないじゃん。お姉さんが知ろうと思えばコウヘイに訊けばいいんだもん」

　ブチョウさんが、あ、という感じで口を開けた。

「そう言えばそうか」

「そうだよ。それにさぁ」

　エドが僕を見た。

「いくらナオキさんでもさ、わざわざシフトをボクと交代してコウヘイの姉さんと初デートして、そのままラブホに連れ込むことなんかしないと思うよ？　コウヘイに失礼じゃないか。もしそうなら、まずコウヘイにちゃんと『デートするからよろしくな』って言ってからすると思うな」

うん、ってミッキーも頷いた。

「そういや、そうだね」

「じゃあ」

ブチョウさんだ。良かった、声が落ち着いてきた。

「デートじゃなくて、何か理由があったのかな」

「や、デートはデートだと思う。だって僕見たからね。しっかりデートしてるのは」

「だとしたらさ」

エドが首を傾げた。

「それにも何か事情があったんじゃないのかなぁ。だって急にシフト代わってまでデートするなんて、そんなに慌てる理由はないでしょ。お姉さんはまだまだコウヘイの部屋にいるんだし」

「確かに」

その通りだった。シフト交代までして慌てて姉さんとデートする理由なんか、ないと思う。

「そうだった」

ブチョウさんが言った。

「考えたら、ヒロコちゃんのこともあるのに、だよね。ヒロコちゃんの話を皆にしたのはお姉さんなのに、お姉さんだってヒロコちゃんとナオキのことは知ってるはずなのに、そんなことはしないよね」

「そう、ですね」

たぶん。

離れている間に姉さんがどんな女性になったのか、なんてわからないけれど、少なくとも僕が知ってる姉さんは確かにそんなことはしないはずだ。

「仮に姉さんがナオキさんに一目惚れしたんだとしても、ヒロコちゃんの件が片づくまでは、そういうのは遠慮すると思う」

「そうだとすると、デートにどんな事情や理由があったのか、っていう疑問がまたしても増えちゃったけどね」

エドが言うので頷いた。

「結局は、何もかも明日ってことじゃないかな。明日の朝、ナオキさんの部屋に行って、全部話して相談するのが今のところ一番の方法だと思うんだけど、どうですかねブチョウさん？　ここで僕たちだけで話し合っても堂々巡りで終わっちゃう」

そう言ったら、ブチョウさんも頷いた。そうしよう、って言ってじゃあ明日の朝にナオキさんの部屋に行けるのは誰かって確認しようと思ったら、入口の方で声がした。

全員でそっちを見た。

誰かが扉の前に立って中を覗いている。「おーい」って声がして扉を揺する。

ナオキさんだ。

もう一人いるのは、姉さん？

いちばん扉に近い位置に座っていたエドが素早く立ち上がって飛ぶようにして扉のところまで走って、鍵を開けた。

ナオキさんの、笑顔。その後ろに姉さんの笑顔。

「まだ掃除してたのか？　忙しかったのか」

ナオキさんがそう言いながら入ってきて、立ち上がっていた僕たちを見て、その雰囲気に気づいたらしい。一瞬で、真顔になった。

「何があった？　トラブルか？」

また真ん中のテーブルに集った。少なくともナオキさんも姉さんもお酒は飲んでいないし、態度にもおかしなところはない。

変な話だけど、寝てきた二人って、どうしてかすぐにわかるようになった。それは他の皆もそう言う。もちろん知り合い限定の話だけど、やってきちゃった二人からは独特の雰囲気が漂うんだ。少なくとも、そういう雰囲気は二人の間にはない。いつものナオキさんと姉さんだ。

こういうときに、説明するのは僕の役目。どうしてかというと、僕の話し方や、説明の仕方は上手いらしい。声も聞き取りやすいし、将来は先生とか講師とかそういう方面がいいんじゃないかと社長に言われたぐらいだ。

順番に話をした。岡本さんが辞めたと聞かされてから、今までの一日の流れを。そして最後にミッキーがナオキさんと姉さんがデートしていたと報告してきたところで、二人で顔を見合わせて、ナオキさんが苦笑いした。

「成功だな」

「即効ね」

二人でそう言う。ブチョウさんが何か言いかけたけどそれをナオキさんが右手を広げて制した。

「待てよブチョウ。言いたいことも訊きたいこともわかる。わかるけど、待て」

それから僕を見た。

「コウヘイ」

「はい」

「さすがの俺も、美枝さんと本気でデートしようと思ったら、まずお前にちゃんと断ってからするよ。『お姉さんに惚れたからよろしく』ってさ」

別に断らなくてもいいんだけど、とりあえず、はい、って頷いておいた。姉さんも僕の顔をじっと見てうんうん頷いていた。悪戯っぽく笑ってるしそれは小さい頃からの姉さんの笑顔だったから、わかってしまった。これは、ちゃんとした理由があるんだなって。

それからナオキさんは皆の顔を見回した。

「エドにシフト代わってもらって美枝さんと一緒にいたのは、ちょっとした急なトラブルとそれを解決するための作戦だったんだ」

「トラブルと作戦？」

ミッキーが首を捻った。

「それはもちろん、ヒロコ絡みなんだけど、話せば長くなるので後回し。どっちみち後日皆でヒロコの件は相談するんだから、そのときってことでいいよな？　ブチョウ。とにかくちゃんとした理由があるんだ」

ブチョウさんが頷いた。

「わかったよ。それは後回しにしよう」

「よし」

パン、ってナオキさんが自分の腿を軽く叩いた。

「それで？　岡本さん？」

そう言って、溜息をついた。

「辞めたってかー」

「事情は知ってる？　僕たちが聞いたこと以外に」

ブチョウさんが訊いたら、ナオキさんは首を捻った。

「わかんないな。いや、社長と岡本さんが前からちょこちょこ喧嘩してたのは知ってたけど」

「知ってたんですか？」

うん、って頷いた。

「それぞれに、別々に聞いたことがある。社長と岡本さんと飲みに行ったことあるのは、バイトでは俺ぐらいじゃないかなぁ」

たぶんそうだと思う。少なくとも僕らは一度もない。ナオキさんが前髪をかき上げて、うーん、って唸った。何かを知ってるんだな、って感じた。僕らの知らない事情をナオキさんは知っていて、それでどうしたらいいのかを考えている。

「進藤ちゃんか。確かに進藤ちゃんがそんなに落ち込むのには、他にも何か理由があるんだろうな」

「そう思うよね？」

ブチョウさんに、ナオキさんは頷いた。

「オッケー。これから進藤ちゃんの部屋に行こうぜ」

「これから？」

時計を見たら十一時四十分になっていた。地下鉄の最終ももうすぐだ。

「〈D号〉を使おう。乗れる人数だけ。俺とブチョウとコウヘイとエドでいいや。エドもコウヘイも明日の一限はないだろ？」

「ないです」

「明日早番のミッキーは美枝さんを送ってってそのまま帰れ。何かあったらお前の部屋に電話するし、帰りに寄るかもしれない」

「ラジャ」

ミッキーが頷いて、ナオキさんは溜息をついた。

「今晩中に片づけられるものは片づけようぜ」

麻生(あさぶ)にある進藤さんのアパートは、駅から歩いて五分ぐらいと言っていた。僕は行ったことはないけれど、ナオキさんもブチョウさんも場所は知っていた。寝てたら困るって話をして、途中の公衆電話から電話したら起きて待ってるって言ってたらしい。

「そこだ」

運転するナオキさんが指差した。住宅街の中の二階建ての、本当にどこにでもあるような普通のアパート。〈早見(はやみ)荘1〉って壁に書かれていて、隣には〈早見荘2〉があった。

「ここなら路駐大丈夫だろ」

アパートの前の駐車場を塞がないように車を停めて、降りた。黙って静かに歩いて、二階だっていう進藤さんの部屋まで行く。こういうアパートは音が響くから、こんな夜には必要以上に気を遣って静かにした方がいいんだ。前に酔っぱらって騒いで、どっかの部屋から出てきたヤクザ者みたいな男と乱闘騒ぎになったことがある。そういえばあのとき、いちばん大騒ぎしたのはブチョウさんだったっけ。

夜中だからチャイムを押さないで、ドアを軽くノックする。すぐにドアが開いて、進藤さんが心配そうな顔を覗かせた。

「悪いな」

小さな声でナオキさんが言って、皆で中に入る。本当に普通のアパートだ。入ってすぐが台所で、その向こうに居間。襖の向こうが寝室なんだろう。

意外と、カラフルな部屋だった。僕のイメージでは進藤さんは本当に大人しい地味な女の子で、部屋もそうなんだろうなって思っていたけど、違った。

壁にはラスタカラーの布が掛けられている。ボブ・マーリーのLPがあった。何故かチェ・ゲバラの真っ赤なポスターも貼ってある。天井から吊り下がるペンダントはステンドグラスで天井に賑やかな色を振りまいている。

「こんな趣味だったんだ」

エドがにっこり笑うと、皆にコーヒーを持ってきた進藤さんが恥ずかしそうに微笑んだ。

「バレちゃった」

居間には小さな二人掛けのソファとローテーブル。とても全員では囲めないので、とりあえずコーヒーカップだけテーブルに並べて、適当に床に座った。

進藤さんは、いつもの進藤さんだった。部屋着もグレーのトレーナーにジーンズと地味だった。壁際にペタンと座って、自分のカップを両手で抱えて、コーヒーを飲んだ。

何をしに来たかはもう電話でナオキさんが告げていた。だから、皆がコーヒーを飲みながら進藤さんが口を開くのを待った。

時計の音がする、と思って部屋を見回したら、壁に柱時計があった。ばあちゃんの家にあったようなすごく古い形の柱時計。何日に一回はネジを巻かなきゃ止まってしまうやつだ。あれは、実家から持ってきたんだろうか。

進藤さんが、小さく息を吐いた。

「部屋に、こんなに男の人が来るなんて生まれて初めての経験」

そう言って、くすっ、と笑った。

「光栄に思ってくれよ。〈D〉のトップスリーが部屋に来てるんだぜ」

ナオキさんがそう言って笑った。トップスリーっていうのはたぶんナオキさんとエドと僕のことだ。今年のバレンタインデーでチョコを貰った数のトップスリー。

「そうだね」

そう言って、進藤さんが背筋を伸ばした。

「私ね」

誰に言うともなく、進藤さんは眼を少し伏せて言った。なので、全員が小さく頷いただけ。

「ここに就職する前にね。家を勘当されたの」

「勘当？」

ナオキさんが小さく言った。進藤さんは、唇を結んで頷いた。それから、首を捻った。捻りながらカップを床に置いて、右手で左腕をさすった。話すのを迷っているような、決め兼ねているような仕草。

「皆、岡本さんに会いに行こうとしてるんでしょう？」

「たぶんな。でも、進藤ちゃんの話を聞いてから決める」

ゆっくり頷いた。

「あのさ」

ブチョウさんだ。

「こんなに大勢で話しづらいなら、数を減らしてもいいけど」

「大丈夫」

進藤さんが僕たちを見て少し笑顔を見せた。

「ここにいる皆のこと、信用してるから」

うん、って自分に言い聞かすように頷いた。

「私、高校卒業の前に家出したんだ」

ちょっとだけ、顔を顰めてしまったけど驚きはしなかった。よく聞くと言えば聞く話だ。

「家出の原因はね、一言で言ってしまえば、不幸な家庭。酔っ払いでろくでもない父親に、泣いてばかりの母親。ろくに学校にも行かせてもらえないで、それで、家を飛び出しちゃって札幌に来て、社長に拾ってもらったようなものなの」

「親戚って話だったよな」

ナオキさんが言うと、頷いた。

「遠い親戚ね。血の繋がりはない」

進藤さんが、ナオキさんを見た。その眼に何かが浮かんでいるのがわかった。今まで見たこともない色合いがあるような気がした。

初めて見る表情。

「私は一時期、社長の愛人のようなものだったの」

何の感情も込められていない声で、進藤さんがそう言った。

ブチョウさんが身体をのけ反らせるように動いた。エドは、眼を細めた。ナオキさんは唇を歪めた。

僕は、顔には出なかったと思うけど、その偶然に慌てたというか、狼狽してしまった。

家と同じじゃないかって。

そして、そうかって納得した。社長に対するときの進藤さんのあの雰囲気はそこから出たものなんだなって。

いつも家に流れていた空気と同じようなもの。

「そんな話をしちまっていいのか」

ナオキさんが言う。

それで、また感じた。ひょっとしたら、ナオキさんは知っていたんだ。あるいは感じていた。

「いいの」

進藤さんが頷いて、表情が戻った。

「たぶん私は、私も、辞めることになると思うから」

「どうして！」

ブチョウさんが少し強い調子で言った。進藤さんは優しい表情を見せた。

「そうなると思うんだ」

「それは、岡本さんが〈D〉を辞めたことにも繋がるからか」

こくん、と、頷いた。

「社長に、もうそんなことを、私を愛人のように扱うのを止めろって言ってくれたのが岡本さんだった。それで、私はそういう立場から解放されて、ただの事務員としてやってこられたの」

僕もエドも、何も口を挟めなかった。ただじっと聞いているだけ。ナオキさんが少し首を傾けた。

「岡本さんの奥さんと、社長が浮気してるっていうのはそこに繋がっていくのか？」

「確かめたわけじゃないけど、そんな気がしてる。岡本さんの奥さんと社長が初めて会ったのは、私のその件だったから」

「よくわからんけど？」

　ナオキさんが言う。

「つまり、岡本さんの奥さん、冬美さんが私を守ってくれたの。守ってくれたんだけど、そのせいで社長とよく会うようになってしまったの。だから、私のせいなのよ。何もかも全部」

## 八

「キツイな」

〈エアーズ〉は〈D〉から歩いて三分、ビルの二階にあるバーだ。暗くてずっとジャズが流れててソファがたくさん置いてあるので、静かに話したかったり、皆女の子と二人きりのときによく来たりする。そして、朝までやってる。〈D号〉を駐車場に戻して、ナオキさんとブチョウさんとエドと四人で歩き出して、そのまま帰るに帰れなくて一杯やってから帰ろうって、来た。

ここで飲むのはバーボンばかりだ。マスターのフミヤさんがバーボン好きなので、大抵のものは揃ってる。

店の一番奥の窓際。南三の西五の中通りだから、静かなところなんだ。窓から見えるのは道路と周りの背の低い建物だけ。ススキノのネオンは向こう側。

「キツイなんてもんじゃないよね」

エドがストレートで飲んで言う。可愛い顔はしてるけど、酒は強いんだ。エドが酔っぱらったところを見たことない。ブチョウさんは水割り。ナオキさんと僕はオンザロック。

「誰にも言うなって言うけど、言えないじゃんこんな話」

エドがまた言った。

「そうだね」

ブチョウさんが頷いた。

「どうしたもこうしたもないな。俺たちができることなんかなんもないな」

ナオキさんが悔しそうな顔をして言った。

「ないですかね」

「ないさ」

　ちょっとだけ、肩を竦めた。

「完全に、大人の世界だ。まぁ俺たちも年齢的には大人の部類だけど、学生バイトがひょいひょい立ち入っていい話じゃないだろう。要は中年夫婦の痴話ゲンカだぞ？　そこに俺たちが顔を出してどうなるってんだ」

　そう言いながら、きっと心の中では歯軋り(はぎし)してるんだナオキさんは。何にもできないことに、そういう自分に怒ってる。

「でも、本当にだ。社長にも岡本さんにも会ったたって、どうしようもないよ。お前たちには関係ない、で済まされて終わりだよ」

「でもさー」

　エドだ。くいっ、とグラスを呷(あお)る。

「関係ないことないじゃん。社長と店長の喧嘩(けんか)でしょ？　しかも仲間の進藤さんを巻き込んでのことじゃん。あんたらのせいでボクたちの友情にヒビが入ってバイトに支障を来(きた)してるじゃないですか、どうすんですかってさ、文句ぐらい言ってもいいんじゃやない？」

「文句か」

ナオキさんが小さい声で言った。

「そう。文句。怒ってんだよボクたちはってさ」

「社長に、文句ね」

「社長だけじゃなく岡本さんにもさ。あんたあんだけ面倒見の良い店長だったんだから、最後まで面倒見のいいままでいなよってさ。文句」

「苦情を言うんだ」

ブチョウさんも呟いた。

「それで、どうなるもんでもないけどな」

ナオキさんだ。

「どうなるもんでもないだろうし、きっと岡本さんは戻ってこないんだろうし、進藤ちゃんも辞めちゃうんだろうけど、確かにエドの言う通り、せめて文句は言いたいな。お前たちはいい年して何をやってんだって」

エドがにっこり笑って、そうそう、って頷いた。だいたいエドは何があってもこうやって楽しそうにしながら周りを焚きつけるんだ。

煙草に火を点けた。

「だったら」

ただの文句じゃおもしろくない。

「ストライキ、しませんかナオキさん」

「ストライキ?」

皆が僕を見た。

「だって、皆で雁首揃えて社長のところに行って文句言ったって『うるさい!』で終わりじゃないですか。だったら、明日朝からストライキ。今からカンジさんとコンタさんとミッキーに伝えるんですよ。明日、店開けなくていいからって。どういうことかきっちり説明してもらえるまで、僕たち店開けませんよって」

確かに経営者は社長だけど。

「〈D〉をやってるのは、僕たちですよって」

ナオキさんが、立ち上がった。

「それ、いいなコウヘイ」

ニヤリと笑った。ナオキさんは、何かやるのが大好きな人だ。イベントが好きだ。大学でも皆を集めてツアーをしたりライブをやったりして、それでお金を稼いじゃったりしている人だ。

「ブチョウ。カンジとコンタとミッキーとハセに電話して説明しておいてくれ。俺は表の公衆電話でマッツと大将と東さんに電話してくる」

「マッツさんたち？」

マッツさんは〈ドール〉のチーフ、大将は〈ロード〉の、東さんは〈M〉のそれぞれバイトのチーフ格の人だ。

「ちょっと騒がせるけど勘弁してくれって。社長に言われてもゼッタイに店を開ける助っ人とか寄越すなって」

そうだ。僕らがストライキしたら、社長が向こうに電話をするかもしれないから。


「ストライキ？」

「そう」

部屋に戻って、何があったのか知りたがった姉さんに差し障りのない部分。要するに社長と店長の喧嘩があって、それには許せない部分があるので説明してもらうために明日の朝から〈D〉に籠もってストライキする、って説明した。

姉さんは、呆れたように口をちょっと開けた。

「まぁ行動力があることは評価するわ」

「それより姉さんとナオキさんのデートの件って、何だったの？」

そっちの方が知りたかった。ナオキさんは後で説明するって言ってたけど。姉さんは、うん、って小さく頷いた。

「私の口からより、ナオキくんから聞いた方がいいでしょ。大したことじゃないのよ。ヒロコちゃんをうまく東京に行かせるための布石みたいなものよ。偶然訪れたチャンスがあって、ナオキくんから電話があって、そうしたこと」

そんな感じで大体わかるでしょ？　って少し笑った。ちょっと考えたけど、まぁいくつかパターンはあるのか。

「わかった。じゃあ、それはそのときでいいや」

姉さんは、うん、って頷いた。

「さすが作家志望で」

「いや」

別に志望しているわけじゃない。姉さんが、悪戯っぽく笑った。

「そういやまだ話してなかったけど、びっくりしたわよヒロコちゃんから聞いて。小説書いていたなんて」

「あぁ、そうだね」

そういえばその話はしていなかった。積極的に広めようとも思っていないし、父さんにも母さんにも言ってない。新聞の小さな記事になったけど、二人とも何も言ってこなかったから読んでないんだろう。

「いつ書き出したのそんなの？　あんた、読書感想文とか作文とか、大っ嫌いだったよね？」

「そうだね」

嫌いだった。

「でもそれは、せっかく自由に書いていいって言われたから自由に書いたのに、先生にいろいろ直せって言われるのが嫌いだったんだよ」

いつもそうだった。あまりにも個性的過ぎて伝わらない部分が多過ぎるから、もっと皆にわかりやすく書いてみましょうって。皆にわかりやすく書くと、自分が言いたいことが全然伝わらないような気になった。

「そうだったわね。あんたの書いたものっていっつも独特だったもの。私あの頃読んでいつも爆笑してたわよ」

「褒め言葉と受け取っておく」

「で？　何で書き出したの小説なんて」

何人かにそう訊かれたけど、適当にごまかしていた。でも、姉さんなら大丈夫か。

「小学校の同級生でさ、徳子ちゃんっていたの覚えてないかな。飯倉徳子ちゃん。小さい頃はよく一緒に通ってた」

姉さんが、ぽん、と手を叩いた。

「覚えてる覚えてる。あの眼がくりんとした、ちょっとぷくぷくした女の子ね」

「そう。で、あの子、高校で自殺したんだ」

「え？」

姉さんの眼が細くなった。

「どうして」

「原因は知らない。仲が良かったのは小学校の二、三年までで、その後はまったく交流もなかったし、高校も別だったしね。でもさ、その徳子ちゃんが自殺する前の日に、バッタリ会ったんだ」

高三の夏休みになる直前だ。

部活が終わって腹が空いたなーと思いながら家に向かってる途中だった。一応ご近所さんなんだからバッタリ会っても不思議でも何でもないし実際何度も姿は見かけている。でも、高校に入ってからは一度もなかった。それなのに、その日は会った。向こうも学校の帰りだったらしくて、バス停に停まったバスから降りてきたところで、ちょうど行き合った。

「あぁ、って軽く手を上げてさ。向こうも、ども、って感じで頭下げてさ。なんか随分久しぶりだって言いながら、ほんの十何メートルの距離を二人で歩いた」

姉さんは、真面目な顔をしながら頷きながら聞いていた。

「高校どこ行ってるんだっけ、とか、部活何やってる、とか、特に話題もなかったから、そんな話しかしてない。近所でも全然会わないよなとか、普通の話。盛り上がったわけでもなんでもない。バス停からだから、二、三分もしない内に、じゃあな、ってクリーニング屋の角で別れた」

手を振って、そのまま。何にも感じなかった。普通だった。何年も顔を合わせてなかったけど、普通だった。

「そしてたぶん、家に帰った瞬間にもう忘れてた。会ったことなんか」

その次の日に、自殺したことを同級生から聞かされた。

「学校に行かないで死んだらしいから、たぶんだけど、最後に会った友達が僕だったかもしれないんだ」

姉さんが心配そうな顔になったから、ちょっと笑って見せた。

「大丈夫。別にそれで何かあったわけじゃないから。事情を訊かれたりもしなかったし、お通夜にも行ってきたよ。近所の同級生なわけだしさ」

本当に、何にもなかった。悲しいって感情もそんなになかった。どうして死んだんだろう。そんなに悩みがあったのか。もしこの間会ったときに気づいていたらな、って少し思ったけど、それで後悔とかもそんなにはなかった。

ただ、同級生が先に死を選んでこの世から消えてしまったというだけのこと。

「それをさ、急に思い出したんだ。大学に入ってから」

夜中にふいにそれが頭の中に飛び込んできて、あぁ、って思った。

僕はひょっとしたら自分でも知らないうちに、随分それを気にしていたんだなって気づいた。それはどうしたらいいんだろうと考えたら、文章にするのがいちばんいいんじゃないかって。

「それで、書いたの？」

「そう。その日の夜に一晩で書いた」

それを、たまたま次の日の新聞で見かけた新聞社の小説公募に出したら、佳作に入ったというだけの話。

「今も小説家になろうとして毎日書いているとか、そんなんじゃないんだ。ただ、自分は文章を書くことがけっこう好きだったんだなって気づかせてくれた。変な意味に取られたら困るけれど、徳子ちゃんにちょっと感謝した。君のことを書いて佳作貰ったんだって、一人で墓参りもしてきた」

「そうなんだ」

姉さんが小さく頷いて、微笑んで、それから祈るようにして手を合わせた。

「全然知らなかったから、旭川に行ったら私もお墓参りしてこよう。弟が一緒に学校にも行ったんだし」

「うん」

いやでも。

「旭川に帰るの？」

「家には帰らない。でも、ちょっと見てきたいところもあるから、明日何にもなかったら行ってこようと思ってたの。そしたらストライキやるとか言い出すし」

まぁそれは姉さんには関係ないけど。うーん、って唸（うな）った。

「どういう顚末（てんまつ）になるのか興味はあるけど、顔出しちゃいそうになるから、やっぱり私は明日は旭川にいってくる」

「はいはい」

「ストライキ、頑張ってね。帰ったら結果教えて」

　教えられるような結果が出れば。


　七時には〈D〉に集まった。いつもなら開店は八時。でも、その前からお客さんが待っていることもあるので、準備ができ次第開けることもある。

　普段の早番はカンジさんとコンタさんとミッキー。昨日、ブチョウさんから電話したので三人とも来たし、ハセさんも来た。そして僕とナオキさんとブチョウさんとエドも。こうやって全員が集まるのは、交代の時間ぐらい。ホールの真ん中のテーブルに適当に集まって、煙草を吸っていた。まだ何にも準備していないから、飲み物は水か炭酸ぐらいしかない。

　全員が、真面目な顔をしていた。

「本当にやるのか？」

　カンジさんが言うと、ナオキさんが頷いた。

「やる。悪いけど決めた。抗議だよ」

　社長が来るのは大体九時ぐらい。それまで店は開けない。開いていないと慌てて社長は事務所に行かないでまっすぐ店に来るはず。

「そこで、全部事情を聞く。聞いた上で、俺らが納得する結論を出してもらってから店を開ける」

ナオキさんが真面目な顔をして声を張って喋ると本当に、何ていうか、見栄えがいい。人を惹きつける雰囲気を醸し出すんだ。大学でいろんなことをやって人を集めているっていうのがよくわかる。

「それでも、決めたのは遅番組の俺らだからさ。お前たちには責任はないってのはちゃんと社長に言うからさ。この場にいなくてもいいから」

「そんなわけにはいくかよ」

コンタさんだ。

「少なくとも俺らだってバイト仲間だ。岡本さんのことだって気の毒に思うし、社長のちゃんとした説明も聞きたいぜ。カッコつけんなよ。俺らにも参加させろ」

「いや、コンタ」

ナオキさんが、右の掌を広げた。

「その気持ちもわかる。ありがたい。でも、さっきも言ったけどさ、お前らに話していない事情もあるんだ。それは俺とブチョウとエドとコウヘイが聞いたけど、おいそれとは人には話せないものなんだ。だから、その事情を知った俺たちだけでやる。お前たちは、渋々従ったことにしてくれ。そうしないとさ」

　ナオキさんが、笑った。

「もし、社長にぶっとばされてさ、『お前らクビ！』って言われたら〈D〉を開ける連中がいなくなっちゃうぜ。お客さんも困る。ここに来るのが生き甲斐みたいな常連さんだっているんだから」

　大きく頷いた。

「俺にしたって〈D〉はもう人生の一部でさ。何て言うか、居場所でさ。だからこんなこともしようって思ったんだけどさ。いなくなった後に知った顔が誰もいないってのも困るから。だから、ブチョウ」

「なに？」

「お前も、帰れ」

「え？」

　ブチョウさんが黒縁メガネの奥の眼をぱちぱちさせた。

「お前が、ここにいないと困るんだ。少なくとも俺が卒業するまではさ。もし俺らが、俺らっていうのは俺とエドとコウヘイがクビになっても、ブチョウ、コンタ、カンジ、ミッキー、ハセ。お前たちがいればここは回る。サブで〈ドール〉のあきやんに来てもらえれば完璧」

「えー待ってよナオキさん。そのメンバーなら確かに完璧だけど、どうしてボクとコウヘイを入れるの」

エドが笑いながら言った。

「だってお前とコウヘイって、この面子でいちばん優男風なくせに、いちばん打たれ強いじゃん」

「なんですかそれ」

「いやそれってさ」

ハセさんも笑いながら言った。

「エドとコウヘイがいなくても〈D〉は回るって意味じゃん」

「まぁそうでしょうけど」

皆が、笑った。でも、ナオキさんの言ってることを皆わかって笑っていたと思う。自慢するわけじゃなくて、昨日もナオキさんが言ってたけど、ナオキさんとエドと僕は今年のバレンタインデーでチョコを貰った数のトップスリーだ。別にバイトしている男の人気でもっている店じゃないけれど、たくさんお客さんを呼び寄せているのは事実なんだ。僕ら三人がいなくなれば、しばらくの間、客足が落ちるのは間違いないと思う。その後、新しいメンバーが入ればまた徐々に回復はしていくだろうけど。

その三人が、揃って社長に抗議する。後は任せたって覚悟でここにいる。

それをナオキさんは見せたいんだなって。

皆がわかった、って頷いた。とりあえず早番組は家に戻るから、結果が出次第電話くれって言って店を出ていった。

ブチョウさんが、一人納得していない顔をしてまだ残っていた。

「ブチョウ」

「うん」

「お前、進藤ちゃんについていてくれ」

ブチョウさんが顔を上げて、ナオキさんを見た。

「わかるよな、言ってる意味。だから、お前も外すんだ。進藤ちゃん、俺らがこんなことをしたらまた一人で悩むからさ。お前がちゃんと傍(そば)で見ててくれ。話をしてやってくれ。頼むぜ」

肩に、ポンって手を掛けてナオキさんが笑うと、ブチョウさんも苦笑いした。

ない。

「わかった。任せておいて」

ブチョウさんは僕とエドの腰や背中を叩いて、「よろしく」って言って出ていった。進藤さんが来るのは八時過ぎ。それまでどこかで時間を潰しているのかもしれない。

「さーて」

ナオキさんが、ポン、って手を打った。

「開店準備してから、朝飯作って食おうぜ。コーヒーも落として、のんびり社長を待つぞ。あ、コウヘイ」

「うん」

「張り紙書いておいてくれ。文面は任す。来た人が入れないのにがっかりしないでしかも感動して泣いて帰るような名文書いて」

「どんな名文ですか」

笑った。

どんなことになっても、開店はできるように準備する。キャベツを切ったり、サーバーをきれいにしたり、仕込みがちゃんとあるかどうか。コーヒー豆も揃える。

早番は滅多にやらないけれど、何をしたらいいかは何にも言われなくたってわかる。

　そういう意味では、僕たちはここの、〈D〉のプロだ。アルバイトでも、プロ。お金を貰って、お客さんが楽しく過ごして美味しいものを食べたり飲んだりできるようにさせるプロ。

　仕事ができるできないに、アルバイトも正社員も関係ないと思う。手続きが違うだけの話で、やる仕事に変わりはない。アルバイトには責任がなくて正社員に責任がある、なんて話を前に社長はしていたけれど、それだって建前だと思う。

「目玉焼き、ターンオーバーにする？」

「いや、俺は片面焼きで」

「僕はターンオーバーで」

　エドが厨房で目玉焼きを作ってる。

「ねぇ、ハンバーグも一枚だけ焼いていいよね。食べたい」

　ナオキさんが部屋から食パンを持ってきたので焼くって言う。実は〈D〉には食パンを使うメニューがないんだ。サンドイッチとかトーストとかがない。なので、店にはトースターがない。オーブンでパンを焼くんだけど、何度か焼いているけどこれがなかなか難しいんだ。あっというまに焦げてしまって消し炭になったパンを何枚捨てたかわからない。

　あとは野菜を適当に使ってサラダと、コーヒーと牛乳で立派な朝ご飯。

「こんなにちゃんと朝ご飯食べるの久しぶりかも」

　エドが言った。

「朝ご飯はちゃんと食べろよ。だからお前そんなに細いんだぞ。体重何キロだ」

「四十五キロ」

「女の体重じゃんそれ」

　時計はまだ八時。社長はまだ来ない。行灯は出していないし、店前の電気も消している。店内の照明も厨房まわりしか点けていない。何人かお客さんらしき人がガラス戸から中を覗いたけど、申し訳ないけど無視。もちろん、鍵は掛けっぱなし。

　社長なら鍵を持ってる。

「でもさ、ナオキさん」

　エドだ。ハンバーガー用のハンバーグをパンに挟んで食べている。

「実際、社長に何て言うの？　どう文句をつけるの？」

「簡単。今回の岡本さん解任の原因はどこにあって、何故そうなったのか。本当にそれでいいのか聞かせてくれって。そうじゃなきゃ岡本さんが辞めることに納得できないってさ。納得できなきゃ店は開けないって」

　でもさ、ってエドが続ける。

「お前らには関係ない。店を開けろ。開けないなら出て行けって言われたら？」

　ナオキさんが、ニヤッと笑った。

「脅す」

「脅す？」

　トーストの最後の一口を放り込んで、牛乳を飲んでからナオキさんが笑った。

「六年もバイトやってりゃあ、社長の弱みの一つや二つは持ってるんだよ。それで脅す。喋れって」

「本当に？　どんな弱み？」

「それはそうなったときのお楽しみ」

　皆で笑った。本当なら、これって相当なことだ。店を開けないでいるんだから、とんでもないことだ。お客さんにも申し訳ないと思うけど、たぶん僕もエドもナオキさんも、そう言ったら語弊はあるけど、楽しんでいた。

　違うかな。喜んでいたのかもしれない。誰かの事情に流されないで、自分たちが、自分たちで考えて行動していることに。そうできていることに。

入口にまた誰かの気配があったけど、無視していた。そうしたら、戸を叩く音が聞こえてきた。何度も何度も、乱暴にじゃなくて、どっちかと言うとリズミカルに。誰か、バイトの仲間が来たのかと思って僕が見に行った。そうしたら。

「岡本さん」

ガラス戸の向こうに、岡本さんが立っていた。

済まなそうな顔をして、僕を見ていた。

## 九

鍵を開けたら、岡本さんは静かにドアを開けて入ってきた。僕を見て、それから奥にいるナオキさんとエドを見た。

「邪魔するぞ」

そう言って、奥まで歩いた。いつものチノパンにポロシャツにジャンパー。一応若者向けの喫茶店の店長なんだから、もう少し流行りのものを着たらって言うんだけど似合わないからなって言ってた。

「誰に聞いたんですか？」

ナオキさんが言うと、岡本さんは首を小さく横に振った。

「大将に電話したんだ」

岡本さんが自分でコーヒーをデキャンターからカップに入れながら言った。そのまま持ってきてテーブルに置いて、座った。

「〈ロード〉のロッカーに私物があってね」

「あ、野球の道具でしょ」

エドが言ったら、笑って頷いた。

「そうだ」

四店舗で働くバイト仲間が集まって、朝野球をたまにやってるんだ。〈SAKAKIS〉っていうチーム名で一応僕もユニフォームを持ってる。希望者には社長が買ってくれるんだ。あんまりにも朝早くて眠いので僕は何回かしか参加したことはないんだけど、好きな人は毎週のようにやってる。

岡本さんは高校時代は野球部だったそうで、ピッチャーをやっていた。そんなに球にスピードはないけど、コントロールが抜群だって話だ。

「店を開ける前に取りに行こうと思ったら、ストライキをやってるって聞かされてさ」

慌てて来たんだって言った。言ってからコーヒーを一口飲んで、大きく息を吐いた。それから、カップをそっとテーブルに置いた。

「すまない」

膝に手を置いて、岡本さんが僕たちに向かって頭を下げた。

「お前たちアルバイトにこんなことまでさせてしまって、本当に店長失格だと思ってる。お前たちに怒られてもしょうがない。だけど、こういうことになってしまったんだ。俺は、ここを辞めた。納得してくれ」

僕とエドは、ナオキさんを見た。ここは、全部ナオキさんに任せるところだ。

「岡本さん」

ナオキさんが静かに言った。

「俺、これが終わるまで失礼な口利くからね」

岡本さんが笑った。

「お前はいつでも失礼な口利くじゃないか。俺に対しても、社長に対しても」

「そうそう」

エドが言って、ナオキさんも笑った。

「まぁそれはそうだけど、これからは特に」

「いいぞ。今も言ったけど、お前たちに怒られて当然だって思ってるからな」

ナオキさんは頷いて腕時計を見た。八時を回ったから、そろそろ進藤さんが来る頃かもしれない。そっちはたぶんブチョウさんが上手くやってくれる。社長はまだしばらく来ない。

「謝ってもらわなくてもいいんだけど、今回何が起こってこうなってしまったのかは、全部話してもらえるの？」

岡本さんは、胸のポケットからセブンスターを取り出して、火を点けた。一度、大きく煙を吐いた。

「俺が話すことじゃないし、話せるものでもないんだ。事実として、俺は一身上の都合でここを辞める。いや、辞めた。ただそれだけのことだ。だからこんな真似(まね)をしなくていい。したところで社長も何も言わないし、あの人には何を言ったところで応(こた)えない」

「でも、俺ら進藤ちゃんから聞いたよ」

ナオキさんが言うと、岡本さんはびっくりしたように顔を上げて、僕たちを見た。

「進藤さんが？」

「そう。昨日の夜にブチョウも入れて四人で部屋に行ったんだ。話を聞きにね。そしたら、彼女の知ってることは全部話してくれた」

「全部？」

「全部。今回、どうしてこんなことになったのかを。彼女の推測を含めてだけど、たぶんほとんど全部の事情じゃないかな。俺はそう思ったよ」

こんな岡本さんの顔を見たことなかった。

優しいし、真面目だし、でも僕らみたいな学生バイトの悪ふざけを許してくれる話せる兄貴分。それが、岡本さんなんだ。今は、どうしたらいいのかってものすごく困った表情をしてる。どんな顔をしていいかわからないという感じの顔って、きっとこういう顔だ。

岡本さんは、少し顔を下に向けて、煙草を吸った。何度か、煙を吐いた。その間僕らは何も言わないで、待ってた。

小さく頷いて顔を上げた岡本さんは、もういつもの岡本さんの顔に戻っていた。

「ややこしいことに巻き込んじまったな」

「巻き込まれるのはいいよ。俺たち、仲間なんだから。そうでしょ？　岡本さんずっと言ってるじゃないか。『この店で働く仲間』だって。俺らが仲良くやってれば、自然とこの店にはお客さんが集まってくるって。だから、俺らはいつでもいつまでも仲間として仲良くやってくれって」

「そうそう」

エドだ。

「その仲間ってさぁ、岡本さんもそうだって、ボク思ってたよ。あ、思ってるよ今も。すっごい年上だけど。ねぇコウヘイ？」

「うん」

頷いた。友達なんてそれは年上の先輩に失礼だけど、仲間だと思ってた。どんなときでも、僕らの味方をしてくれる頼もしい店長。仲間。

「それが、岡本さんですよ。だから、こんなことしてるんです」

手をちょっと動かして、店内を示したら、エドが頷いた。

「ストライキしようって言ったの、コウヘイだからね。社長が納得できる説明をしてくれるまで、店は開けない。岡本さんだって知ってるでしょ。この中でいちばん人畜無害な顔をしてるくせに腹黒で危ない奴なのはこいつだって」

「なんだよそれ」

　何で僕が危ない奴なんだ。

「だって前もそうじゃん。ほら、クスリか葉っぱでラリってトイレに立てこもった男にさ、上からホースで水をぶっかけ続けたのコウヘイじゃん。しかも無表情で無慈悲にさ。相手が泣き叫んでるのに」

「あれは向こうが鍵を開けなかったからだよ。ドアを壊すわけにはいかなかったし、いちばん平和的な解決法だと思ったからさ」

　そんなこともあったな、って岡本さんが笑った。でも、笑ってすぐに真面目な顔になった。

「お前たちのその気持ちは嬉しいしありがたい。これは本当だ。でもな、進藤さんが何を言ったかわからないが、俺の口からは何も言えないんだ。言えるのは、さっさと店を開けて、何事もなかったようにバイトを続けてくれってことだ」

「何の相談もなしに黙って辞めちまった人間にとやかく言われたくないよ」

　ナオキさんも、真剣な顔をして言った。

「わかるよ。岡本さんのことはさ。女性の恥になるようなことを、自分から言うわけにはいかないって思ってるんだろう？　あんた、とにかく古臭い男だからね」

古臭い？

岡本さんはナオキさんの顔をじっと見ながら聞いていた。

「ずっとそうだったよね。男は女を守るもんだ、とかさ、女は家にいるもんだとか、とにかく女は男に黙ってついてこいとか、明治とか戦前の昭和の男みたいな男尊女卑みたいなさ、そういう感覚の持ち主だったよね。で、そういうのにずっと縛られてる自分がイヤだから、逆にこんな女性ばかりが集まる喫茶店店長とかやってきたんだよね。俺らみたいなナンパな若造に囲まれて仕事してきたんだよね。自分の何かを押し隠すみたいにさ」

岡本さんの顔が歪んだ。

ちょっとびっくりした。どうしてナオキさんはそんなことを知ってるんだ。エドも眼を丸くしていた。

「そんな話を誰に聞いた」

「そんなこと知ってる人間なんて限られてるだろ？　その人からさ。俺さ、岡本さん。そういうあんたのことがさ、目茶苦茶面倒臭かったんだよ。大変だったんだぜ？　ぽろぽろ顔を出すあんたのそういう性格をカバーするのはさ。あんただってそれなりにモテてたんだから、誘ってくる女の子だっていただろ？　そういう子にけっこうキツイこと言ってたよね」

僕もエドも口を挟めなかった。とにかく、驚いていた。でも、そう言われてみれば何となく思い当たる節もあった。

岡本さんは僕たちと飲みに行かなかった。でも絶対ってわけじゃない。ごくたまに飲みに行くときもあった。それは、必ず男だけのときだった。

バイトが終わった後、じゃあ飲みにでも行くかって話になるときには大抵、女の子がいる。そうじゃなきゃそんな話にはあまりならない。いつも一緒にいる男同士で飲むなんて大してしたくもないから、余程の相談があるとか何かとんでもない話をしたいときだ。常連の女の子や、ここの話を聞いて閉店までいて僕たちと飲みに行きたいって言う女の子たちがいるときに飲みに行くことが多い。

だから、岡本さんは一緒に飲みに行かなかったんだろうか。もちろん奥さんがいたこともあっただろうけど、女性と一緒に飲むのが、若い女が酒を飲みに行くなんてとんでもない、なんていう考えがあったんだろうか。

岡本さんの表情は歪んだままだった。

「今度のことだってさ岡本さん。直接の原因はまぁ社長のいい加減さにもあったんだろう、だけど、なんていうか、捩(ねじ)れた正義感？　あんたが押し隠してきたクソがつぐらいに生真面目な部分にもあったんじゃないの？」

岡本さんが唇を真一文字にしていた。何かを堪えていた。ナオキさんも普段の柔らかい雰囲気はどこにもない。

これは、全部吐き出させようとしているんだって、思った。ナオキさんは〈D〉の、社長と岡本さんの、そう言っていいなら暗い部分を全部知っていたのかもしれない。いや、知らないまでも、いろいろ察していたところがあった。

今回のことも、それが原因になったっていうのを、なんとなく感じていたんだ。それを、全部吐き出させる。そのために、わざとキツく、喧嘩腰に話をしている。

「お前」

岡本さんが口を開いた。

「喧嘩売ってるのか？」

低い声。拳をゆっくりと握った。

「売る気はないけど、買うつもりがあるなら売るよ。ちょうどいい機会だからさ」

ナオキさんが、立ち上がった。

「止めなよ二人とも。喧嘩するためにストライキしてるんじゃないでしょうに」

エドが言う。

「それに岡本さん、ナオキさんと喧嘩して勝てるわけないじゃん。止めなよ」

その通りだと思う。ナオキさんは高校までずっと空手をやってて三段だって言ってた。実際にススキノでの大立ち回りを僕たちは見たことがある。多少酔っぱらってはいたけれど、五人をあっという間に叩きのめして警察が来る前に逃げ出したっけ。

岡本さんは、握った拳をしばらく震わせていたけれど、少しずつ力をゆるめた。大きく溜息をついた。それを見て、エドがナオキさんに言った。

「ナオキさんもさ、挑発してどうするのさ。それが目的じゃないでしょ」

「ま、そうなんだけどさ」

苦笑いして、座った。

「とにかく岡本さん、俺らは事情を聞くまで、ここは開けない。そしてあんたが何も話す気がないんだったら、そしてここを辞めるのを撤回する気持ちがないんだったらさっさと帰ってよ」

そのときだ。階段を駆け降りてくる足音が聞こえてきた。明らかに革靴の音。僕らみたいにスニーカーの足音じゃない。

ガチャン！っていう音が響く。ドアを開けようとしたけど、鍵が掛かっているからだ。エドが、小さく息を吐いた。

「来たよ。社長」

ガラスの向こうに、社長が険しい顔をして立っている。こっちを見ながら何か身体(からだ)を動かしている。きっと鍵をどこかから取り出そうとしているんだ。

音がして、ドアが勢いよく開けられた。そのまま入ってくるかと思ったけど、後ろを振り返ってからドアを閉めてまた鍵を掛けた。

こっちを見た。元々社長の眼は大きい。その大きい眼をさらに大きくして、どすどすと足音高く歩く。それはまぁいつものことなんだけど。歩いてきて、僕らが座る大テーブルの前に立った。社長はいつもスーツを着ている。そのスーツはわりと古臭い派手な感じで、一歩間違えばヤのつく人にも見えるから止めた方がいいのにっていつも皆で言っている。

「どういうつもりだ。何故店を開けていない」

怒鳴らない。いつもの喋り方。

でも、この人の声には怒鳴らなくても力があるんだ。

「聞いてませんか？」

ナオキさんが、座ったまま言った。社長はナオキさんをじろりと睨んだ。

「何も聞いていない。今、着いた。進藤もいなかった。置き手紙が、メモがドアに貼ってあった。たぶんこりゃ、ブチョウの字だな」

社長がスーツのズボンのポケットからしわくちゃになった紙を取り出した。穴が開いているからバインダーノートだから、きっと大学で使っているやつだ。

〈店でナオキとエドとコウヘイが待ってます。進藤さんはしばらく預かります〉

確かにブチョウさんの字だった。すごくきれいな字を書くんだブチョウさんは。

「もう一度訊くぞ。何があった。なんで店を開けていないんだ？」

社長が睨む。

「そもそも岡本、何でお前もいる？」

岡本さんが口を開こうとしたのを遮るようにナオキさんが言った。

「その件ですよ社長」

「なんの件だ」

「どうして岡本さんがいきなり辞めたのか。その説明をしてもらえるまで〈D〉は開けません。ストライキです。これは俺とエドとコウヘイで決めました。他の皆にも説明はしたけれど、かかわってません。ブチョウも俺に言われて従っただけです。だから」

ナオキさんが僕とエドを見た。

「俺ら三人を今すぐクビにして、早番の三人を呼び出せば、店は開けられます。クビにしないんなら、事情を説明してもらえるまで店は開けません」

社長は、右眼を細めた。

「岡本さんも知りませんでした。さっき来て、今僕たちから話を聞いただけです」

僕が付け加えた。社長は僕を見て、それから小さくぐるっと首を回した。

「ストライキときたか。そんなこと言い出したのはどうせコウヘイ、お前だろう」

「どうしてわかるんですか」

ちょっと真剣に驚いた。

「一年近くも顔突き合わせてりゃわかる。お前はなコウヘイ。自分じゃ気づいていないだろうが、ここのアルバイトの中でいちばんアナーキーな奴だ。人畜無害な顔をしてるくせにな。自分が納得できないことに関してはたとえ相手が総理大臣だろうが涼しい顔して向かっていくだろうよ」

アナーキー。そうか、僕ってそんな男に見られてたのか。知らなかった。社長が鼻を鳴らした。

「お前たちをクビにするのは簡単だが、今までの店への貢献度に免じて許してやる。岡本が辞めたのは一身上の都合だ。お前たちが知る必要もないし、教える義務もないしその気もさらさらない。岡本が何か言ったか？」

「言ってません」

流れから僕が答えた。

「だろう？　こいつも何も言わん。俺も言わん。つまり、双方納得済みってことだ。お前たちがその理由をどうしても知りたいって言うのなら、聞くまで開けないと言うのなら構わん。望み通りクビにしてやる。今すぐにここを出ていけ。そして出入り禁止だ。二度と〈ドール〉にも〈ロード〉にも〈M〉にも顔を出すな。アルバイト全員にそう通達しておく。今すぐ店を開けるというのなら、ペナルティなしで許す。以上だ。俺が煙草を一本吸う間だけ待ってやる」

そう言って、スーツの胸ポケットからハイライトを取り出して、火を点けた。

「無理です社長」

煙草を吸う間も必要ないって思ったから、言った。

「何が無理なんだ」

「僕たちは、進藤さんから話を聞きました」

社長の口が開いた。煙草が落ちそうになったけど、慌てて指で挟み直して、驚いた顔のまま僕を見た。

岡本さんと同じ反応だ。

社長も岡本さんも、進藤さんは話すはずがないって思っていたんだ。そう信じていた。悪く言えば話すはずがないって高を括っていた。

「進藤が何を話したんだ」

「いいんでしょうか、それを僕の口から言って。もちろんナオキさんもエドもその話を聞いています。昨日の夜に聞きに行ったんです。進藤さんはたぶん何もかも全部話してくれました」

ナオキさんもエドもじっと社長を見ていた。岡本さんは少し下を向いて、煙草を吹かしていた。

「僕たちが怒っているのは、ストライキなんかしたのは、岡本さんを辞めさせたことじゃないです。もちろんそれもありますけど、何よりも進藤さんを悲しませたことです。進藤さんは僕たちの仲間です。いつも一人で事務所にいたけれども、僕たちのことを毎日見ていてくれました」

「そうそう。洗濯物もしてくれていたし」

エドが軽く笑いながら言った。こんな場面でも地顔の笑顔が変わらないエドって本当にすごいと思う。

「ボクが熱出して寝込んだときにさ、わざわざボクの部屋まで来て煮込みうどん作ってくれたんだ。もちろん、他にも、あれ誰だったかな？　コウヘイだったっけ？　風邪引いていても二人きりになるのはアブナイとか言って」

うん、って頷いた。そんなこともあった。

「優しい人なんです。年はそんなに変わらないけど、お母さんみたいだった。でも、僕たちはいつも不思議に思ってました。進藤さんはいつも僕たちともっと仲良く楽しくやりたがっていたのに、いるみたいなのに、いつも自分からすって引いていってしまうのはどうしてなんだろうって」

ナオキさんが頷いた。エドも、大きく頷いた。

いつも進藤さんはそうだった。

「その理由も、昨日話を聞いてようやくわかりました。何もかも原因は社長にあったわけです。もちろん、岡本さんにも。社長」

「なんだ」

「推測ですけど、社長は、進藤さんに一言も謝ってませんよね？　そうじゃなきゃ進藤さんが岡本さんが急に辞めたって言ってきたときに、あんなに辛そうな悲しそうな苦しそうな顔をするはずがない。そもそも進藤さんはいつだってずっとずっと少しだけ悲しそうだった。事務所に一人座って、僕たちを少しだけ羨ましそうに遠くから見ていた。その姿を僕はずっとどうしてだろうと思っていた」

そうなんだ。

今こうして喋っていて自分でも気づいたけど、僕はずっとそう思っていたんだ。どうしてなんだろうって。

でもきっとそれは僕には関係のないことで、彼女自身の問題なんだろうって思っていた。何かが彼女の中にあるから踏み込んでこないんだって。

でも、わかった。踏み込んで来ないんじゃなくて、来られなかったんだ。

「違ってたら言ってください。僕が今言ったこと、全部当たってますよね？　社長、岡本さんも」

「お前にはまったく関係のないことだ！」

社長が、怒鳴った。顔を真っ赤にして、煙草を床に叩きつけた。

「進藤に何を聞いたか知らんが、仮にそれが事実だとしても、それはお前たちにはまったく関係ないことだ！　進藤が言ったか？　お前に助けてくれとでも言ったか？　何とかしてとか頼んだのか！　どうなんだナオキ！」

　ナオキさんが、少し顔を顰めた。

「言ってませんね。俺らが勝手にしたことです」

「そうだろうが！」

　社長が僕に向かって人差し指を勢い良く向けた。

「お前がやっていることは、言っていることは、人のプライバシーにずかずかと土足で踏み込んでいるだけだ！」

「確かに！」

　つられて、大声を出した。出しながら立ち上がった。社長に真っ直ぐに向かい合った。こんなに声を張り上げるのっていつ以来だろうって考えてた。

「進藤さんは助けてくれなんて言ってません！　でも、今までに何があったかを、絶対に誰にも言わなかったことを昨日の夜に僕らに全部言ったんですよ！　それがもう助けてくれって言ってることと同じです！」

　たぶん、もう、助けられない。

　そんなこと、最初からわかってる。こうなった以上、進藤さんはもう事務所で社長と二人きりになんかなれない。僕たちに全部話してしまったんだから、もう平気な顔でいられるはずがない。ここを辞めるしかない。

だからだ。

せめて、僕たちにできること。

「謝ってください。僕たちじゃなく、進藤さんに。済まなかったって」

社長を見た。社長も、僕を見た。

睨んでいる。確かに社長と話すのは苦手だったけれど、この圧力に圧倒されちゃうけれど、覚悟さえ決めれば平気だ。怖くはない。

そうか、そういうところをアナーキーだって思われるのか。

社長が、僕をじっと見ながら大きく息を吐いた。ゆっくり首を回してカウンターの椅子の背を摑んで、乱暴に引き寄せて、どさっと音を立てるぐらいに勢いよく座った。

「座れ」

静かに言ったので、素直に座った。煙草に、火を点けた。それを見て社長もさっき捨てた煙草を拾って灰皿に入れてから、また一本取り出して火を点けた。

もう九時を回っている。

社長は煙草を吹かしながら、肩が凝ったみたいに首を回して、それから肩を何度か叩いた。誰も何も言わないで、それを見ていた。

「まったく」

小さく言う。

「酒でも飲まなきゃやってられない話を朝っぱらから放り込んできやがって。俺はもう何十人もの学生バイトを雇ってそいつらと付き合ってきたが、お前らがいちばん生意気だぞナオキ」

「すみませんね。性分なんで」

「社交性のあるナオキはともかく、コウヘイとエドは絶対にサラリーマンになるなよ。お前らを部下にできる男なんざいない。そもそも絶対にお前らは部下になんかなるタイプじゃない。てめぇ一人でできる仕事を探せ」

「そのつもりっすよ」

エドが笑う。エドはミュージシャンになろうとしてる。僕はまだなんにもわからないけど、とりあえず頷いておいた。

社長がまた溜息をつく。

「岡本よ」

「はい」

「どうよこの三人の若造は。俺たちに長年の恥を全部話せとよ。夫婦の問題をこの昼日中に曝せとよ。その上で謝れって言ってるんだぜ」

岡本さんが、小さく笑った。

「こいつらを雇ったのは社長ですよ」

「甘やかしたのはお前だろうが」

「そんなつもりはないですけどね」

ふん、と、社長は鼻を鳴らした。

「どうするよ。俺は全部話せばいいのか。お前のことも何もかも話して、それでこの後うまく店は回っていくのか」

「それは」

岡本さんが、眼を細めた。

「私にも、一緒に謝れって言ってるんですか」

「命令なんかしてないし、できないだろ。少なくとも今は俺とお前はただの男と男だ。雇用主と雇われ店長じゃない。話すか話さないか。この場から消えるか残るかを確認しているんだ」

岡本さんが僕を見た。それからナオキさんとエドも見た。何かを考えるようにして、何度か下を向いたり眼を閉じたりした。

「社長」

「なんだ」

「事務所移転の話をしましたよね。何ヶ月か前に。今の〈D〉の食品倉庫と休憩室が一緒になっているのは衛生管理上もよくないから、ここの事務所をアルバイトたちの控室にして、事務所は〈ドール〉の二階にしようかと。あそこはただの倉庫にしておくのにはもったいないぐらい広いですから」

「したな」

「けれども、引っ越しするのにも掃除をするのにも業者を使えば経費がかさむし、どうしようか考えておくか、で、話は終わりましたね」

「終わったな」

岡本さんは何を話そうとしているのかよくわからない。

「それをやるのはどうでしょうか」

「あん?」

社長が首を捻った。

「〈ドール〉の二階の掃除も、荷物をまとめて移動させるのも、ちょっと棚を作ったりするのも全部こいつらにやらせるんです。今回のペナルティですよ。それで一日店を閉めた貸し借りはなし。ここの事務所はバイトの控室と進藤さんの机を置いておけばいい。〈ドール〉の二階は社長室にすれば、進藤さんもここを辞めなくて済むでしょう」

それは。

ずっと顔を顰めていたナオキさんの表情が緩んだ。エドもにっこり笑った。社長だけが顰め面をした。

「そんなことで何もかも丸く収めようって腹か。いつもの平和的な解決か」

「平和的でもないですよ。こいつらはしばらく、一週間か十日は学校も休んでタダで働かなきゃならないでしょう。私と社長はしばらく墓場まで持っていこうと思っていた自分の恥をこいつらに曝さなきゃならない。お互いに血を流して、それで今のままを維持しようって建設的な話です。あくまでも、しばらくの間は、ですけど」

社長は岡本さんの顔を見て、眼を細めた。

「そのしばらくの間は、お前のクビも撤回しろってか」

「可愛い社員とアルバイトを悲しませないためですよ。それぐらいの度量を見せたっていいでしょう」

「お前らに度量なんか見せたって一文の得にもならないじゃねぇか」

進藤さんにもう社長と一緒の部屋で一日中過ごすことに耐えられない。だったら、部屋を別にする。そういう話を岡本さんはしているんだ。僕たちの控室と同じところで進藤さんは働ける。岡本さんも、まだこのまま働く。

でもそれはあくまでも、しばらくの間だ。この騒ぎが収まって、岡本さんや進藤さんが、僕たちも含めて、それぞれの身の振り方をきちんと考えていける間の話。そういうところでお互いに矛を収めないかって言ってるんだ。

「どうだ？　コウヘイ。事務所移転のタダ働きできるか？」

岡本さんは少し笑いながら言った。

「できます。やりますよ」

「ボクも」

エドが言った。ナオキさんも頷いた。

「そういうことなら、もちろんやるよ」

社長が煙草を大きく吹かした。左手を動かして、腕時計を見た。自慢の高い時計。ロレックスだったっけ。それから、少し何かを考えた。

「コウヘイ」

「はい」

「張り紙を書き直してこい。ただの〈臨時休業〉じゃなくて〈機器点検のため本日は臨時休業〉ってな。〈明日からは通常営業しますのでよろしくお願いします〉ってよ。それからナオキ」

「はい」

「他のチーフたちに電話しろ。今日はこっちは休むけど、そっちはいつも通りやってくれって。〈ドール〉にはこっちの客が流れるだろうからよろしくってな。それが終わったら、話をしてやる」

「了解」

　それからちょっと、外の方を見た。

「可南子(かなこ)は、進藤はブチョウと一緒なのか」

「そうです」

　ナオキさんが言った。

「どこにいるのか知らんが、呼べ。それからどっかにウイスキーの一本でも隠してあるだろ。持って来い」

　ストレートでいい、って言った。

ワンフィンガーをくいっ、と一口で呷って、それから次は水割りにしろって社長が言った。隠していたわけじゃないけど、倉庫に置いといたバーボンの〈アーリータイムズ〉。僕とナオキさんが大分前に買ったやつだ。カンジさんが失恋したって言って閉店間際の〈D〉に来て嘆いたので、そのまま店で少し飲んで慰めるのに使ったやつ。

「久しぶりに飲んだなバーボンは」

社長が言った。僕は一緒に飲んだことないけど、ナオキさんの話ではものすごく強いそうだ。

溜息をついて、僕らを見た。

「可南子は、どんな話をしたんだ」

僕が教えた。家族のごたごたで高校を辞めた話、社長の愛人のようだったたってこと、岡本さんの奥さんがかばってくれたこと、そのせいで岡本さん夫婦の間にヒビが入ったんじゃないかってこと。それから、社長の使途不明金の話も。

話をしている間、ずっと社長と岡本さんは顔を顰めたままだった。

「よくもまぁ」

社長が言う。

「そこまであけすけに話したもんだ」

そう言って、頭をがりがりと掻いた。唇を尖らせた。

「俺が思っているより、お前たちの間に信頼関係があったってことか。それがわからなかった俺も経営者としてまだまだだってことか岡本よ」

岡本さんも、頷いた。

「そういうことですね」

「お前に言われると余計に頭に来るな」

社長がまた水割りを飲んだ。

「大体、その通りだ」

そう言って、僕たちを見た。

「腹括るしかねぇだろな。そこまで話されちゃ」

全部、事実だ。社長はそう言った。

「どう言えばいいもんかな。まぁ男と女のことは、お前らだってそれなりに経験してきてるんだ。いいわけしないでもいいだろ。だから言っておくが、俺は可南子に無理矢理とかそんなことは一切してない。それは、岡本だって保証してくれるさ」

横で岡本さんが、小さく顎を動かした。

「まぁ、そうでしょうね。お世話になった社長に対する負い目を利用したって部分はなきにしもあらずですけど、少なくとも当時、進藤さんを救ったのは社長ですから。その時点では進藤さんも感謝してますよ」

ひどい話だった。進藤さんがあんなふうに自分の殻に閉じこもってしまうのもわかる気がした。

とにかく、進藤さんの親が最低だったんだ。それを社長は知っていた。

「血の繋がりはないがな。確かに親戚なのさ。何度か法事や何かで会っていた。可南子の両親がしょうもない連中だっていうのも知っていた。それであの子が自暴自棄になって家出をして札幌に来て、おかしな連中と付き合ってるのも話には聞いて知っていた」

暴走族と一緒にいるところを、警察に保護されたそうだ。進藤さんは絶対に名前を言わなかった。親に来てもらったところでどうにもならないって思っていたから。かえって今より悪くなるって知っていたから。

「そのときに、あいつは俺の名前を出したのさ」

「どうしてですか？」

　少し口を尖らせた。

「まぁ札幌で唯一知っている人間だったろうし、俺が優しい親戚のおじさんに思えたんだろうな。俺はこんな客商売をやっている。人当たりもいいし、可南子がどんな気持ちで毎日を過ごしているのかも理解できていたから。自分のことを怒らないで、何とかしてくれるって思ったんだろう」

　社長が警察から進藤さんを引き取った。その日から、進藤さんは自分の家に戻らなくなった。

「一応、挨拶はしに行ったさ。親戚として、この子を預かるってな。ちゃんとこっちの学校に行かせて就職もさせるってさ。もちろん、この会社でな」

　それで、進藤さんは高校を出てすぐにここに就職した。それからずっと経理と総務みたいなことをやってきた。だから、社長を頼り切っていた。信じ切っていた。自分にはもう帰るところはない。ここで働くしかない。生きていくしかない。そう思って、ずっとやってきたんだ。

　ナオキさんが、溜息をついた。

「何となく察してはいたけど、実際に聞くとツライね」

「そうだろ。俺だって話すのも嫌だよ。だが、まぁ」

顔を顰めた。

「俺の中にも、可南子を軽んじていた部分もあったんだろうな。俺のものだ、みたいな感じがな。高校でたばかりのあいつを抱くのに何の疑問も罪悪感もなかったさ。繰り返すが無理矢理じゃないからな。あいつも望んだことだ」

「でも、結婚とかそんなことは一切考えなかったんでしょ？　愛人としか思わなかったんでしょ社長は」

エドが言った。

「お前はそういう際どいことをへらへら笑顔で言うのは止めろ。今に誰かに殺されるぞ」

そう言って、社長は頷いた。

「まぁ、その通りだ。店をどんどん増やすのに忙しかったのもいいわけにした。可南子の若さも信じていた。放っておけば今に俺から勝手に離れていくとも思っていた」

「彼女の性格を把握しようとも思っていなかったんですよね。あなたは経営者としては優秀ですけど、男としては最低ですよ。いつも言いますけど」

「お前に言われたくはないな」

岡本さんに言われて社長は顰め面しながら言った。

そうか。この二人はいつもこんな感じで言い合っていたんだ。お互いに何もかも知っているから。その中で進藤さんはずっと一人で働いていたんだ。

「まだ聞きたいか」

腹立たしげに社長が言った。

「その後も、可南子が言った通りだ。俺たちの関係はどんどんややこしくなっていった。だが、こいつが優秀な店長であることも俺は知ってた。俺がいなくても全部の店を任せてうまく回していけるのもな。おまけにくそ真面目な堅物でお店のお客さんにも手を出すことなんかしない」

「あなたは女にどんどん手を付けていましたけどね。終いにはうちの女房にまで」

ナオキさんと顔を見合わせてしまった。その後エドとも。よくこの二人が今までうまくやってきたって思う。そこから先の話は聞いてもしょうがないって思ったけど、そのときにドアがノックされた。

見たら、ブチョウさんがいた。後ろに見えるのはきっと進藤さんだ。エドが軽く走るようにしてドアまで行って鍵を開けた。

ブチョウさんと、進藤さんが入ってきた。ブチョウさんは厳しい顔をしているけれど、進藤さんは下を向いている。

「来いよ。二人とも」

ナオキさんが言うと、ブチョウさんが進藤さんの肩にそっと手を置いた。頷いて、下を向いたまま進藤さんは店の中に入ってきた。

大きな溜息が聞こえてきた。

社長と、それから岡本さんもだ。二人がほとんど同時に立ち上がって、進藤さんを迎えるような形になった。

進藤さんはずっと下を向いている。

「可南子」

社長が呼ぶと、そっと顔を上げた。唇を引き結んでいる。

「まずは、謝る」

進藤さんの眼が少し大きくなった。

「この通りだ」

社長が深く頭を下げた。まるで前屈をするみたいに。それを見てから、岡本さんも頭をゆっくりと下げた。

「君の気持ちを何も考えずに行動して、申し訳なかった」

岡本さんが、そう言った。

# 十

「コウヘイ、あれさぁ」

台車を押しながらエドが言った。四丁目の交差点を渡っているときに。

「なに？」

「ふと思ったんだけどさ、社長と岡本さんの関係で小説二本ぐらい書けるんじゃないの？　コウヘイなら」

何を言い出すかと思ったら。

「書けるかもしれないね。僕は書きたいとは思わないけど」

「書きたくならない？」

「ならないなー」

少なくとも浮気がどうしたとか、夫婦の問題とか、愛憎とか、そんなのはまだよくわからないし、そもそも自分でそういう小説を読みたいとも思わない。読みたいと思えないものは書けないと思う。

「まぁそっか。どうでもいいもんな」

エドが笑った。

「歌にもしづらいし」

「そうだろ?」

僕たちが二人で押しているのは普通の台車じゃなくて、高さが二メートルぐらいありそうな籠になってる台車。よく運送業者が荷物を運ぶのに使うようなやつだ。〈D〉から事務所の荷物を運んで整理する作業を、僕とエドとナオキさんだけでやらなきゃならなくなったけど、店にあるのは普通の小さな台車だけだからとんでもなく時間が掛かるし大変だ。そう話していたらナオキさんがどこかからこれを借りてきたんだ。本当にナオキさんは顔が広いと思う。

〈D〉の二階から事務所を移転する。正確には社長室を、か。

それを僕とナオキさんとエドの三人だけでやっている。そうすれば、しばらくの間は進藤さんも、岡本さんもここで働き続けられる。

あくまでも、しばらくの間。

社長と岡本さんと、そして進藤さんの間にある確執みたいなものは僕たちが口出しするようなものじゃない。あくまでも三人で解決というか、片をつけるものだ。でも、その片のつけ方に僕たちの気持ちを考えてくれる。その上手い落とし所を考えられるまで、話し合いがつくまで今まで通りに働ける。

「要はさ、進藤ちゃんと岡本さんが肚（はら）を括って次の人生を考えて、新しい職場をきちんと見つけられるまでってことさ」

ナオキさんがそう言っていた。そうだと思う。何もかも元に戻るなんてことはあり得ない。社長と進藤さんは大人の関係だった。それを知っていた岡本さん夫妻は何とかしてその関係を止めさせた。ところが、社長と岡本さんの奥さんが今度は浮気してしまっていた。

とんでもないと思う。

僕たちは学生だから基本独身で、誰と誰がくっつこうが、何人もの女とあるいは男と遊ぼうが自由だ。ススキノで飲んだりディスコで踊ったりして知り合った女の子を部屋に連れてきて寝て、次の朝にはさよならしてそれっきりなんていうのもよくある話だ。でも、結婚してる人たちはそうはいかない。関係をきちんと清算しないと、前へ進むのに足枷（あしかせ）になるばかりだ。

たぶん、岡本さんは奥さんと離婚するんだろう。そしてきっと〈D〉を辞める。進藤さんはまだどうなるかわからないけど、社長との関係を全部絶つことになるんだから、別の会社を見つけた方がいいのかもしれない。僕たちには何もできないけれど、相談し合ったり話し合ったりすることはできる。

そういうことをするための時間を作るのが、事務所の、社長室の移動だ。〈D〉の上の事務所だったところから社長の机や棚やらを全部〈ドール〉の二階に移動する。そこが新しい社長室になる。〈D〉の事務所に使っていた部屋は、僕たちバイトの休憩室と進藤さんの事務室になる。今までよりはるかにずっと進藤さんは僕たちと一緒の時間を過ごせる。文字通り、一緒に働いている気持ちになれる。それで進藤さんが今までよりも楽しい毎日になってくれればいいんだけど。

「あ、来てるよ」

エドが言って、軽く手を振った。〈ドール〉の入口の前で、姉さんと恭子さんがエプロン姿で待っていた。

「ナオキさんは？」

「中で片づけてる」

姉さんが言った。今回のストライキの顚末の話をしたら、重い荷物運び以外はタダで手伝ってあげるって。恭子さんもだ。もちろん、社長と岡本さんと進藤さんの間に何があったかは話していない。とにかく進藤さんのために社長室を移動するんだって言ったら何となく納得して、手伝ってくれるって。

「さっさと運びましょ。とりあえずエレベーターの前までね」

「これ運んだらさコウヘイ」

「うん」

「あとは段ボールばっかだから、恭子さんと二人で運んでよ。ボクは中でナオキさんとお姉さんとで整理するからさ」

「了解」

　四人で積んでいた荷物をまずはエレベーターの前まで運ぶ。後は任せて空になった台車を押しながら恭子さんと二人で〈D〉へ戻る。

「疲れてるでしょ。荷物運びばかりで」

「そうでもないよ」

　今日で作業も三日目。一日目は何と何を移動して、何と何を捨てるかって仕分けの作業と、棚を作るんだったらどこにするかとかのレイアウト。そして、今使っているスチールラックから荷物を下ろしてラックを全部いったん解体してまとめて運べるようにした。二日目はその作業の続きと、台車には載らない重たい社長の木の机をエドとナオキさんと三人でひぃひぃ言いながら〈ドール〉まで運んだ。なんでこんなクソ重たい机なんだって文句を言いながら、途中何度も歩道に机をいったん置いて、三人でその上に座って煙草を吸いながら休憩した。

通りすがりの人たちが、どうしてこんなところで机の上に座っているんだって顔をして僕たちを見ているのが可笑しかった。〈D〉と〈ドール〉はもちろん姉妹店だし、常連さんも被っている人がいる。だからこの近辺を歩いていることも多くて、何をしているんだって笑いながら声も掛けられた。

三日目の今日からは段ボールに詰め込んだ細かい荷物を運ぶのと掃除とレイアウト。

「引っ越しは慣れてますからね」

「そうね。皆しょっちゅう引っ越しているものね」

そうなんだ。僕たちは何度も引っ越ししてる。アルバイトの仲間は姉妹店を入れれば全部で三十人ぐらいもいる。そのほとんどがアパートやマンションで一人暮らしだ。中にはずっと同じ部屋で暮らしているのもいるけれど、一年ぐらい住んだら飽きてきてもっといいところや、あるいは付き合ってる彼女と住むから広いところへ引っ越すとか、そんな話が何ヶ月に一回っていう頻度で出てくる。

当然、引っ越し業者を頼むお金なんかもったいないから、バイト仲間皆で引っ越しを手伝うんだ。〈D号〉を出したり、荷物が多いときには二トンのパネルトラックをレンタカーで借りて、そこに全員乗って移動する。本当はたぶん法律違反なんだろうけど、荷台にこっそり乗ったりするんだ。

「今までに何回ぐらい引っ越しの手伝いしたの？」

「何回かなー」

僕はまだ〈D〉でバイトを始めてもうすぐ一年だけど、その間に五回はしてる。

「ナオキさんなんかもうプロ級だし」

部屋を見ただけで、どうやって荷物を運び出せば効率的になるかを瞬時に判断する。いつ運送業者に就職してもナオキさんならエースになれると思う。

「あの人はきっとどんな仕事をしてもうまくやれるよね」

恭子さんが言うので、頷いた。そうだと思うけど、ナオキさんが選んだのは実家の商売を継ぐことだ。その話はまだあんまり広めないでくれって言われたので、恭子さんにも教えていないけど。

二人で空の台車を押しながら、歩く。ときどき肩が触れたりする。もうこうやって並んでいて恋人同士に思われたりしても、かまわない。お互いにそう思ってるのが伝わってくる。

　昨日の夜は恭子さんの部屋に泊まったんだ。恭子さんは、普通は言うべきことじゃないかもしれないけども、って前置きした。

「なに？」

　シングルベッドの布団の中。恭子さんを背中から抱きしめていた。ゆっくりと身体を回してくるのでそれに合わせて身体を動かした。顔に掛かった髪の毛をそっとあげて、真面目な顔をして僕を見た。

「黙っていてもいいんだろうけど、言っちゃう。どうしてかと言うと、これからもコウヘイは〈D〉の仲間たちと友達として長い時間を過ごすんだろうから」

「友達？」

　こくん、って頷いた。もう何となくわかっていた。

「〈D〉を辞めたとしても、大学を卒業しても、バラバラになったとしてもきっと関係は続いていくよねきっと」

「そうですね」

「会わなくなってしまう人も確かに出てくると思うけど」

頭を動かした。そうだと思う。皆それぞれ将来の道は違っている。仲良くバイトをしているのはあと何年かだ。でも、この後の人生でもずっと友達でいるだろうなって思う人はいる。

「だから言っておくね。ナオキさんとは、何もなかったから」

たぶん、その部分だと思っていた。だから、何も言わないで頷いた。

「キスもしていないとは言わないけど」

「いいよもう。大丈夫です」

仮に何かあったとしても気にしないって言ったら嘘になるかもしれないけど。少なくとも僕はナオキさんを大好きだ。先輩としても男としてもスゴイ人だって思っている。それに、僕と恭子さんが付き合ってるのを知ったとしてもナオキさんはなんにも言わない。たぶん、ニヤッと笑ってパン！　って軽く腕を叩いたりして、「頑張れ」とか言うんだ。それだけだ。

そう言ったら、恭子さんもそうだね、って軽く笑った。

「でも」

「うん」

「どうしてかな。いや疑うわけじゃないですよ。あれだけ女好きなナオキさんがどうしてなのかなって」

恭子さんが小さく顎を動かした。

「何かが違うな、って言ってた」

「違う？」

「私とは、何かが違うんだって」

恭子さんが少し身体を離して微笑んだ。

「女遊びばかりしてるから、きっと〈D〉の皆(みんな)も誤解していると思うけど、ナオキさん意外とストイックなんだよ」

「ストイック」

頷いた。

「同じベッドで寝ていても、何にもしないで朝を迎えちゃった女の人もけっこういるみたいよ」

「あぁ、そうですね」

それはブチョウさんも言っていたし、現にヒロコちゃんの件もある。あれだけ可愛くてスタイル抜群の女の子とずっと一緒にいて、しかも何度も部屋に泊まっているのに手を出していない。

「何かが違う、っていうのは何でしょうね」

訊いたら、少し頭を動かした。

「わからないけど、何だろうね。それ以上は何も言わなかったから」

「本能なのかな。モテる男の」

「そうかもね」

これが終わったら、ヒロコちゃんのことを皆で話し合わなきゃならない。東京に映画のオーディションを受けに行きたいヒロコちゃん。
お父さんお母さんを説得して、お互いに納得した状態で行かせなきゃならない。姉さんと一緒に。
「お姉さん、美枝さんだけどね」

三丁目の交差点で信号待ちのときに、恭子さんが言った。渡ったらそこは〈D〉。

「東京で何があったか、まだ何にも言わないんでしょう？　コウヘイに」

「言わないですね。僕も訊いていないし」

言いたかったら言うだろうし。

「たぶんだけどね」

「うん」

「男の人と何かあったんだと思う。はっきりとは言わなかったけれど、一緒にお酒飲んだとき、そんなようなニュアンスがあった」

「そう、ですか」

まぁそんなところだろうなって考えていた。まさか犯罪者になって逃げてくるはずもないし、仕事で何かあったのならスパッと辞めたって言うだろうし。何も言わないってことは、言えないようなことがあったんだ。

信号が青になって、歩き出す。

「変な話だけど」

「なに？」

「友達だったらそういう話をきちんと聞けて、真剣に考えられるけど、いざ姉さんのそういうのを想像しようとしてもまるでピンと来ないんですよね。ふわふわしてるっていうか、うまく摑めないっていうか」

恭子さんが、あぁ、って頷いた。

「そうかもしれないね」

少し、苦笑いした。

「私は、兄とは仲が悪いからそんなこと考えたくもないんだけれど、仲の良いお姉さんとかだったらそうかもしれないわね」

恭子さんの顔を見たら、トン、と軽く腕を叩いてきた。

「今度話すから。兄のことは」

「うん」

それは聞いてもいい話だと思った。もう付き合っているんだから。

僕は恭子さんを好きで、恭子さんも僕を好きなんだから。お互いの家のことを知っても、知ろうとしても当然だと思う。話せないことなんか、ない。あるとしたら父さんを姉さんがどう思っているかだ。

そこだけは、姉さんに確認しておこうかなって思った。

朝からずっと事務所の移動作業をしても、遅番にはきちんと入る。まだここの二階に着替える場所を作っていないので、今日まではいつもの倉庫兼控室でナオキさんとブチョウさんの三人で着替えていた。昨日と一昨日はエドが遅番だったから、ブチョウさんが入るのは二日ぶりだ。

「さすがに三日目になると身体に来るなー」

ナオキさんが柔軟をしながら言う。

「僕も手伝ってもいいんだけどね」

「何言ってるんですか。ダメですよブチョウさんが講義サボったら」

「いや、だって」

ナオキさんがちょうど上着を脱いだところだったブチョウさんのお腹を撫でた。やめろよって笑いながら、ブチョウさんが大げさに動いて逃げた。

「お前が手伝ったら、俺たちのストライキのペナルティにならないだろ。社長と岡本さんに根性がないとか文句言われちまう」

「そうなんだろうけどさ」

ブチョウさんの気持ちもわかる。自分もかかわっているんだからって思っているんだろうし。

「大丈夫だって。明日には大体終わるさ。なぁコウヘイ」

「そうですね」

荷物はほぼ運び終わった。後は整理して少しレイアウト変更したりすればそれでオッケー。

「さぁ今日も働くぜ」

首にバンダナを巻いて、三人で店に出ていく。

「おはよっす！」

岡本さんもいつも通りに働いている。他のバイトの皆にはとりあえず問題はあるけれど解決はしたって話をしたみたいだ。

僕たちが事務所の移動をしているだけで、後は今までと変わらない。常連のお客さんにも臨時休業したっていうだけで、詳しい事情は何も知られていない。そもそも話せることじゃない。他のバイトの皆も何が起こったのか知りたがっている連中はたくさんいたけれども、これを話しちゃったら男がすたる、って言ったら納得していた。

僕たちは新人類とか言われるらしい。生まれたときから周りには何でもあった世代。大人には何を考えているのかさっぱりわからないとか、ディスコとかファッシヨンがどうとか騒がしくて女々しいとか、いろいろ言われているらしい。新聞とか雑誌にそう書いてある。でも、僕の周りの人たちには、特に店で働くバイト仲間は皆わりと男らしいと思う。自分たちの遊ぶ金は働いて稼ぐ。それで何をしようと誰にも文句を言わせない。男同士の約束は守るし、助け合う。確かに女遊びをする奴は多いけれども、根っこのところでは硬派な連中が多いような気がする。

早番の皆といつも通りに引き継ぎをやって、常連のお客さんに挨拶して、自分の持ち場につく。今日は僕が厨房でナオキさんがソフトでブチョウさんがホールだ。

いつも通り、お客さんに美味しい飲み物と食べ物を出して、店でのんびりくつろいだりお喋りを楽しんで帰ってもらう。

社長が新しいアルバイトを雇ったら必ずする話がある。『俺たちが提供するのは場所だ』って。飲み物だって食べ物だって他にいくらでも美味しいものを出すところがある。お客さんがここに来てくれるのは、アルバイトである僕たちとこの店が作り出す雰囲気を楽しみにしてくれているんだってこと。

だから、プライベートで何があろうと働いている間は元気に、いつも通りにやること。

午後十一時少し前に最後のお客さんが帰って、ナオキさんがレジを締め始めた。僕とブチョウさんが掃除を始める。

姉さんは来なかったから、今日は部屋にいるんだろう。あるいは誰か友達と飲みにでも行ってるのか。恭子さんも今日は来ないって言ってたし、終わったら真っ直ぐ帰ろうと思っていた。

「オッケー合った。今日はヒマだったなー」

「そうだね」

確かにヒマだった。そんなこと考えちゃダメなんだけど、ヒマなのにこうして閉店まで粘る常連じゃないお客さんがいると、何となくがっかりしたりする。

「ナオキさ」

カウンターを拭きながらブチョウさんが言った。

「うん？」

「最近ヒロコちゃんが店に来ないのは、やっぱりオーディションの件があるからなのかい？」

「そうみたいだな」

ナオキさんがお金を集金袋にしまいながら頷いた。

「少しでも良い子になっていないと説得できないって思ったらしい。いいことだよ」

「そっか」

確かにいいことだと思う。そもそも高校生なのに、ここの常連になっているってことだけでも心証は悪いだろうし。

「明日にでも一応話すよ。事務所の片付けも一段落つくしな。ミッキーもエドもカナちゃんも来られるって言ってるから、ヒロコも呼ぶ。もちろん美枝さんもな」

「そうなんだ」

忙しいのにちゃんと皆に連絡取っていたんだ。そういうところがやっぱりスゴイ。手回しがいい。ブチョウさんが、小さく頷いた。

掃除が終わって、三人で着替えて、余ったコーヒーを飲みながらカウンターに並んで座って一服。この時間は、いつも好きだなって思う。充実感がある。ただのバイトでしかないし、たぶん一生の仕事はまったく別のことをすると思うけれど、こういう充実感を味わえるのなら喫茶店という商売もいいなって感じる。

「岡本さんはどこかの違う店に行くのかな」

ブチョウさんが煙草を吹かしながら言った。

「そうなるんじゃないか。岡本さんなら、うちに来てほしいってところはいくらでもあると思うぜ。まぁ真面目なあの人のことだから心機一転まったく新しい仕事を探そうと思うかもしれないけどな」

「そうだね」

僕もそんな気がした。あの話をしてからの岡本さんはどこか吹っ切れたような感じがしてる。ちょっと表情や仕草が今までとは違う。隠していたものをさらけだして、何かが変わったのかもしれない。

「進藤さんは、どうかな」

またブチョウさんが小さな声で言った。

「うん」

ナオキさんも、小さく言って頷いた。少し下を向いて煙草を吹かす。

「それは、わからんな」

「でも、まだ進藤さんは若いし」

仮にここを辞めたとしても何でもできると思う。そう言ったら、二人とも頷いた。

「あのさ」

ブチョウさんが誰にともなく言った。カウンターに座って脚を伸ばして、じっと一点を見ながら。

「どした？」

ナオキさんが訊いた。

「僕さ、進藤さんと付き合うから」

ブチョウさんがそう言ってナオキさんを見て、それから僕を見た。ちょっとびっくりして僕は眼を丸くしちゃったけど、ナオキさんはすぐに、にんまり、って感じで笑って言った。

「そっか」

うん、って頷いて、コーヒーカップを持って一口飲んだ。

「それ、もう言ったのか？　進藤ちゃんに」

「言った。昨日」

また、そっか、ってナオキさんが言う。

「それは、進藤さんもオッケーしたんですか？」

進藤さんがナオキさんのことを好きなんだ、って話をしたのはブチョウさんだ。そういうことを知っていたってことは、ひょっとしたらブチョウさんは進藤さんのことを、なんて考えてはいたんだけど。

ブチョウさんは、ちょっと首を捻った。

「うーん」

「うーんって」

僕を見て、少し笑った。ブチョウさんは笑うとどことなく情けない顔になってしまうんだ。

「今回のことで進藤さんは自分を、過去を、僕たちにさらけだしちゃったんだよ。だから、最初は『同情なんかいらない』って言われた」

最初は？　ってことは？

「でもお前は」

ナオキさんだ。

「同情なんかじゃない。ずっと前から好きだったんだって、言ったんだろ？」

「言った」

うん、って唇を真っ直ぐにしながら、ブチョウさんは大きく頷いた。ナオキさんは知っていたんだ。ブチョウさんが進藤さんを好きなことを。

「ナオキは気づいていたんだろうけどさ。ずっと前から、ここに最初にバイトに入った日から、ずっと好きだったんだ」

ブチョウさんが言う。ちょっと下を向いて、恥ずかしそうに笑いながら。

「でもさ、僕はこんな性格だろ？　地味だし、顔だってスタイルだって良くないし〈ブチョウ〉なんてあだ名をつけられるし。告白したって絶対にフラれるってずっと思っていた。それに」

ナオキさんを、ちらっと見た。

「進藤さんはずっとナオキのことが好きだった」

ナオキさんがちょっと真面目な顔をした後に、笑った。

「いいかブチョウ」

「俺に惚れない女なんていない。だからそれはあたりまえのことだ。別に進藤ちゃんが特別なわけじゃない」

僕もブチョウさんも吹き出して、ナオキさんも大笑いした。本当にその通りだから笑ってしまう。この店の常連になった女の子で、ナオキさんのことを嫌う子なんて本当にいない。

「わかってるよ」

ブチョウさんが笑って言った。

「ナオキは進藤さんに思わせぶりなことなんか一切していない。言ってもいない。そもそもお前の趣味じゃないだろ進藤さんは」

「ないな」

ナオキさんとブチョウさんは大学でもずっとつるんでいる。もちろんナオキさんの方が年上だから最初は先輩として敬語を使っていたんだけど、あることをきっかけにして今みたいに同級生みたいな口をきく。

だから、たまにブチョウさんはナオキさんのことを〈お前〉って呼ぶ。ブチョウさんは、ふぅ、って息を吐いた。

「三年間、ずっと彼女を見てきたんだ。お前に片想いしていた彼女をさ」

そう言って、天井の方を見上げた。〈D〉の天井は布張りだ。ペルシャ絨毯みたいな柄の布が張ってあって、それはもう長い年月ですっかりくすんでいる。

見上げた先には、事務所がある。ずっと進藤さんが悩みながら仕事をしていた、している事務所。

「コウヘイ」

「はい」

「僕は公務員を目指そうと思ってるんだ。前に言ったよね？　市役所とか道庁とか、そういうところに就職したいって思ってる」

言ってた。そして誰もがそう思っていた。真面目で誠実なブチョウさんにぴったりだと思う。

「コウヘイやナオキやエドみたいに、特別なことも、おもしろそうなことも、何も僕にはできない。でも、それが自分だって思ってる。そんなことに気づいたのもここでバイトしてるからなんだ。皆と一緒に仕事して、毎日過ごして、いろんなことに気づいて自分っていうものはなんかちょっとわかった。だから、すごく感謝してるんだ。もちろん、進藤さんに会えたことも」

「ブチョウ」

ナオキさんが呼んだ。

「お前ひょっとして、今言ったこと全部進藤ちゃんに言ったのか」

「言った」

またびっくりしてしまった。

「それって、ブチョウさん」

ナオキさんと顔を見合わせてしまって、そしてナオキさんが言った。

「ほとんどプロポーズじゃないか。そんな僕と結婚してくださいって言ってるのと同じじゃん」

ブチョウさんは、うんうん、って頷いて顔を真っ赤にした。耳たぶまで真っ赤だった。

「そうなんだけどさ。本当にそんなのはまだ早過ぎるし、嫌われるかなって思ったんだけど、でもさ」

顔を上げて、僕とナオキさんを見た。

「進藤さんは僕たちに何もかも話してくれた。それに応えるために、その重さを全部受け止めるつもりだっていうのをわかってもらうためには、それぐらいしなきゃって思ってさ」

ナオキさんが、パン！　ってブチョウさんの肩を叩いた。

「さすがだ。さすがブチョウだ。絶対俺にはできないことをやっちまう」

「それで、進藤さんはオッケーしてくれたんですね？　付き合うことを」

「まだ、迷っていた」

ブチョウさんが溜息をついた。

「嫌とは言わなかったけどさ。ずっと迷っていた。何時間も話したんだ。そうしてさ、僕は言ったんだ。そんなに悩むんだったら、一緒に住もうって」

「え」

「真面目にか！」

一緒に住むって。そこまで。

「そこまで考えたんだよ。社長と離れて仕事することになったとしても、結局は一緒に仕事してる。毎日会うことになる。辛いことには変わりない。仕事が終わってあの部屋に帰っても結局は一人。今までと変わらない。だったら、僕と一緒に住もうって。何かが変わるかもしれない。もしダメになったとしても、僕は後悔しないって」

何ていうか、感動していた。ブチョウさんがこんなに強い人だなんて思ってもみなかった。

「そこまで言って、進藤ちゃんは頷いてくれたのか」

ナオキさんが訊いたら、ブチョウさんは小さく頷いた。少しだけ微笑んで。またナオキさんが、今度はブチョウさんの背中をバシン！　って大きな音を立てて叩いた。

「すげぇ」

「すごい」

本当にすごいと思う。

「引っ越しはいつだ！　いや、どっちがどっちに住むんだ」

「まだ決めてないよ。どっちも引っ越ししようと思う。新しいところで、新しい生活を始めた方がいいと思って」

絶対に手伝おうと思ったけど、でも。

「ブチョウさん、それ親に言うんですか？」

真面目なブチョウさん。それは親譲りだって聞いた。実家のお父さんお母さんはとても堅い真面目な人で、喫茶店でアルバイトをするのを納得してもらうのもすごく苦労したって。それなのに、今度は同棲なんて。ブチョウさんが顔を顰めた。

「引っ越しはともかくも、女の子と一緒に住むなんて言ったら怒鳴り込んでくるかもね。だから一度帰るよ」

「稚内に？」

「そう」

ブチョウさんは稚内の出身だ。お父さんは向こうで学校の先生をしているって聞いたことがある。

「帰って、報告だけしてくる。もちろん怒るだろうし反対するだろうけど、そこはきちんと説得してくる」

「俺も行くか？」

ナオキさんも同郷だ。学校も年齢も違うから向こうではまったく交流がなかったそうだけど。

「止めてよ。お前が来たら余計にこんがらがるよ」

ブチョウさんが言って、三人で笑った。


「それは」

姉さんが眼を丸くしていた。

「すごいわね、ブチョウさん」

うん、って頷いておいた。部屋に帰ったら姉さんは酒も飲んでいなくて、何をしていたのかって訊いたら今日は部屋で大人しくテレビを観ていたって。実は昼間事務所掃除の手伝いをして疲れたんじゃないかと思うけど。

ヒロコちゃんの話を明日皆でするっていう会話をしていて、その流れでブチョウさんが今度同棲を始めるって言ったらびっくりしていた。

もちろん、どういう経緯でそうなったかは言えない。でも、事務所移転についてては社長と岡本さんとのゴタゴタがあってそれに進藤さんも巻き込まれていたって部分は皆が知ってるし、姉さんにも話した。それで、いろいろあって前から考えていたブチョウさんが進藤さんに告白してそうなったんだって。ブチョウさんも皆には話していいって言っていたから。むしろそうしてほしいって。

「まだ学生のうちにそこまで決心するかー。親にまで言うって、それはもうほとんど結婚報告よね」

「そんな感じになっちゃうね」

「どう思う？　もし自分がそうなったら。恭子ちゃんと。旭川に行ってお父さんお母さんに言える？」

にんまり、って感じで笑って姉さんが言う。恭子さんと付き合いだしたことはもう言ってある。ほら見なさいってやっぱり言われたけれど。そして「私が来たことでいいきっかけになったんじゃない？　私ってキューピッド？」なんて言っていたのでとりあえず逆らわないで頷いておいた。

「それは、言えるんじゃないかな？」

想像してみた。旭川の実家で恭子さんと父さん母さんが向かい合っているシーンを。

「たぶん、大丈夫」

「そうね」

姉さんも頷く。

「幸平なら大丈夫か。男だもんね」

私ならダメだなーって姉さんは首を横に振った。

「何でダメなの。別にもう姉さんは大人なんだし、この人と一緒に暮らしますって勝手じゃないか」

「あぁいや今じゃなくて、学生のうちにって話よ。まぁそもそもそんな話をお父さんにするために帰るはずがないけど」

それはそうだ。父さんとは暮らせないから姉さんは家を出ていった。

きっと今回の社長と進藤さんの関係の話をしたら、姉さんは激怒するに違いない。社長のところに怒鳴り込んでいって金玉を蹴り上げてくるかもしれない。この人はこれでもスポーツ万能だったから。

若い愛人なんて、とんでもないって。うちの父親と同じ人種じゃないかって。

そこまで考えて、ふと思った。

「姉さん」

「なぁに」

「札幌に来たのって、ものすごくプライベートな問題があったからなんでしょ？　会社で働くのも辛くて、少しの間逃げようって思って来たんじゃないの」

姉さんは、唇を少し曲げた。曲げて、僕を見た。

「弟よ」

「はい」

「何を察したの」

「何となく」

姉さんがじっと僕を見る。それから、かくん、と頭を下げた。髪の毛が揺れる。中学生まで姉さんの髪の毛はものすごく長かった。高校に入るときにバッサリ切ってしまって、小さかった僕は少し驚いたのを覚えてる。

「話すつもりはないんだけど」

下を向いたまま姉さんが言った。

「言わなくてもいいけどさ。別にずっとここにいてもいいし、急に東京に帰ってもいいし。好きにしていいんだけど」

「けど？　なに？」

そっと顔を上げて僕を見た。少しだけ微笑んでいる。

「もしそうなら、それを話せるのって僕だけじゃないの？　父さんのことを怒って、憎んで、二度と一緒に暮らしたくないって思って家を出たのに、自分は逆の立場で父さんと同じことをしてしまっているってこと」

違うかもしれないけど。でも、たぶん、当たりだ。

姉さんには進藤さんと社長の間にあったことは話していない。進藤さんが社長の愛人みたいなものだったって話してくれたとき、そんな出来事ってあちこちに転がっているんだって実感してしまった。

だとしたら、姉さんが東京から逃げるようにして僕のところに来た理由もひょっとしたら同じなんじゃないかって。偶然って、重なるものなんだって聞く。

姉さんは眼を閉じて小さく息を吐いて、首をゆっくり二回振った。

「大人になったなー幸平」

「お蔭様(かげさま)で」

「でもね、幸平」

「うん」

姉さんは眼を開けて僕を見た。

「まだ自分はとんでもなく子供だってことに気づいちゃった」

子供って。

「自分の感情のままに行動するガキだって、わかっちゃったんだ」

あぁもう、って小さく言って頭を振った。髪の毛が揺れる。

「そうなのよ」

そうなんだ、って同じ言葉を繰り返した。

「あんなに忌み嫌ったものに私はなってしまったの。妻子ある男性と付き合ってしまったの。愛人になっちゃって、それを受け入れている自分が嫌になって、逃げてきたんだ」

十一

姉さんの勤めている商社はわりと大きいところらしい。日本で一、二を争う、と

までは いかないけれども少なくとも十本の指には入る会社。東京で自社ビルを持っていて、もちろんその他の地域の主要都市には支社もあって、そして海外にも拠点がある。札幌にも支社があるそうだ。

「どこに？」

「札幌駅前」

ビルの名前を言われて、ああ、あそこかって。まだできたばかりの新しい高層ビルだ。そもそも僕は商社というのがどんな仕事をしているところなのか、よくわからない。

「貿易、だよね」

「そうよ」

「貿易、ってことは商品を輸出入している会社ってことだよね」

「簡単に言うとね」

何よ今さら、って姉さんは軽く笑った。

「今さら、って言われても、そんなこと全然知らないし」

まぁそうだね、って姉さんも頷いた。

「私も就職活動を始めるまで、商社ってどんなことをしているのかよく知らなかったし。そんなもんだよね仕事なんて。うちは総合商社って呼ばれるところだから、その名前の通りに本当に何でも扱うのよ」

「何でも」

何でも、って姉さんは繰り返した。

「製品としての商品から、そうではない形にならない技術的なものまで、いろんなもの。とにかく法に触れない売れるものなら何でも輸入するし、何でも輸出する会社。おもしろいわよ。もっとも私は事業部の単なる事務職なんだけど。毎日毎日書類を作って書類と格闘する日々よ」

「でもそれだって大事な仕事なんでしょ？　会社の中でなくてはならない」

もちろん、って言って胸を張った。

「誰にでもできる仕事ではあるけれども、私たちがいないと業務が滞ってしまうとも確かね。会社は、どんな仕事でも、どこでもそうよ。その人にしかできない仕事も確かにあるけれども、誰にでもできる仕事をきちんとこなす人たちがいてこそ、特別な人たちがちゃんとできるって面があるのよ」

「それはそうだよ」

アルバイトしかしたことのない僕にだってそれはわかる。誰かにしかできない仕事、誰にでもできる仕事。でも、誰にでもできる仕事をきちんとやることが大事なんだ。カウンターをきれいに拭くっていうのだってそうだ。誰にでもできるけれど、掃除のときだけきちんとやればいいってもんじゃない。お客さんが帰った後に拭き残しがないように素早くきれいにすることが、お客さんに気持ちよく過ごしてもらうためのひとつで、それはとても大事なことなんだ。

そう言うと、姉さんが少し笑って、その通りね、って頷いた。

「それは社長さんが言っていたの？」

「そうだよ」

うん、って頷いた。

「ただのアルバイトにそういうことをきちんと教えてくれるっていうのは、やっぱりあんたのところの社長さんはできる人なのね。そして〈D〉や他の店がずっと流行っている理由もわかるわ」

コーヒー淹れる？　って姉さんが言うので頷いた。もう十二時を回ってる。姉さんが台所でケトルに水を入れてガス台に置いて火にかけた。

〈D〉でバイトを始める前まではインスタントコーヒーを飲んでいたけど、ちゃんとしたペーパードリップの落とし方も覚えたし、サイフォンでも落とせる。店ではマシンで落としているけれど、〈ドール〉はドリップで落としているし、〈ロード〉ではサイフォンだ。どこの店に手伝いに行っても何でもできるように、バイトの皆は練習する。

姉さんも、東京に行ってから自分でコーヒーを落とすようになったって言っていた。東京の姉さんの部屋には、もちろん一度も行ったことがない。そもそも東京には親戚の結婚式や修学旅行なんかで、片手で数えるぐらいしか行ってない。

ドラマや小説なんかに出てくる、東京に憧れる気持ちっていうのは今のところあんまりないんだ。エドはミュージシャンになるんなら東京に行かなきゃダメだって言ってるけど、僕はまだそんな目標はない。そもそもどんな仕事をしたいかもまだはっきりはしていない。

姉さんは、東京でどんな風に一人暮らしをしているんだろう。

家にいることが耐えられなくて、実家にはもう帰ってこないって決めて、一人で東京に行って、何を考えて、毎日を過ごしてきたんだろう。

「はい、どうぞ」

「サンキュ」

コーヒーの良い香りが部屋に漂っている。コーヒーの香りが良い香りだって思い始めたのはいつ頃からだったのかよく覚えていないけど、それもたぶん一人暮らしを始めてからだと思う。

「私ね」

姉さんがマグカップを抱えるように持って、一口コーヒーを飲んだ。

「うん」

「東京の学校に入って、学生の頃は楽しかったの。友達もたくさんできたし、東京には何でもあったし、刺激的だったし」

「そうだろうね」

それは想像がつく。

「札幌でもそう思うからね」

「そうよね」

札幌は旭川よりはるかに都会だ。街も大きくて人がたくさんいて刺激的なことがたくさんある。遊ぶ場所もたくさんある。

「就職が決まったときには、このままずっと東京で生きていくんだって思っていた。もう実家に帰る必要なんかまったくないって。申し訳ないけど」

僕を見て、ペロッと舌を出した。

「あんたのこともほとんど考えなかったわ。たまーに電車の中とかで、小学生の男の子を見かけたら、そういえば元気かなーって思い出したけど」

「それはお互い様」

二人で笑った。

僕も姉さんのことはほとんど思い出さなかった。父さんも母さんも、まったく口にしなかった。まったくでもないかな。たまに母さんが元気でやってるかしらとか言ってたけど、気にしていなかった。

「便りのないのは元気な証拠って言ってたよ」

「そうだよね」

頷いてから、溜息をついた。

「会社で働きだすとね」

「うん」

「どんどん、自分の中の何かが減っていくような気がしてきた。一年目の終わりぐらいからかな。そんなふうに思っちゃった」

「減っていく？」

そうだよ、って言う。

「それが何なのかわからなかった。単純に気持ちの問題なのか、体力の問題なのか」

「疲れたんじゃなくて？　慣れない仕事で」

「それもあったと思うけど」

少し姉さんは考えるように下を向いて、それから顔を上げた。

「やっぱり、淋しかったんだと思う」

「一人暮らしが？」

こくん、って頷いた。

「感じていたけど、気づかないふりしていたそれが、淋しさがピークになって心に穴が空いたみたいになっちゃって、そこから楽しい気持ちや頑張ろうって気持ちがどんどん抜けていったんじゃないかって思う」

姉さんが僕を見ていた。その顔が、昔に見た姉さんの顔をしていたような気がした。

あのとき、僕を抱き寄せて、ぎゅっと抱きしめてずっと泣いていた姉さん。「幸平」って僕の名前を何回も言ってわんわん泣いていた十五歳の姉さん。

「誰かに、傍にいてほしくなった」

「それは、友達とかってことじゃなくて、だね」

そうね、って姉さんは小さい声で言う。

「わかるよ」

今ならわかる。きっと高校生の頃にはわからなかったと思うけれど、今は感覚で理解できる。

「歌詞で言うなら、ぬくもりが欲しくなったんでしょ」

少しからかうように言ってみた。どう頑張ったって、重い話になっていくのが手に取るようにわかったから。そうしたら、姉さんが吹き出した。

「弟にそんな台詞吐かれるって、とんでもなく恥ずかしいのね」

「僕だって恥ずかしいよ」

昔なら、普通なら姉弟でこんな話はしない。絶対にしない。でも、今はしなきゃならないんだきっと。姉さんが東京から僕のところへ来たのは、たぶんその話をするためだ。そう思って来たわけじゃないだろうけど、しなきゃならないんだ。

「坂口さんって言うの」

姉さんは、静かに言った。

「直接の上司じゃないんだけど、同じフロアにいる課長。仕事で話すこともかかわることもないんだけど、通勤の電車が同じだったんだ。京王(けいおう)線っていうの。坂口さんの家は私よりひとつ向こうの駅なんだけど」

ただ頷いておいた。札幌は鉄道も地下鉄も市電もそれぞれ一本しかないけれど、東京にはたくさんある。その中のひとつで、姉さんは一人暮らしの部屋から会社へ通っている。前は想像もしなかったけれど、こうやって社会人になった姉さんを見たら、その様子が想像できる。

姉さんは、家にいた頃からわりときちんとしてる人だったから、きっと通勤のときにもそうしてる。ちゃんと目覚ましで起きて、朝ご飯を食べて、お化粧して、服装もちゃんとしたものを着てるはずだ。

「最初はもちろん挨拶するだけだった。同じ駅で降りるんだから、停まる場所がちょうどいい同じ車両に乗ってることが多くて、そして東京の通勤ラッシュって本当にスゴイんだよ。あれは札幌じゃ経験できない」

「したくないけどね」

「私もよ。それで、坂口さんが電車の中で潰されそうになる私を守ってくれたり、何だかんだと世間話したり。社内ですれ違えば笑いかけて挨拶して、少しずつ親しくなっていったのね」

それが一気に近づいていったきっかけは、お昼で外に食べにいったときにたまたま同じ店で一緒になって、そして混んでいたので相席になったことって姉さんは続けた。

「坂口さん、青森なの。出身」

「北国なんだ」

「そう。だから何となく話が合った」

故郷の、季節の話だ。

冬が厳しい。雪がすごく積もる。だから春という季節がどんなに嬉しいか。東京に出てきて空気の悪さに驚いたことや、故郷がどんなに自然に溢(あふ)れていたのかってことに気づいた話。そして、東京に出てきて年を重ねると、どんどんその故郷が懐かしくなっていくこと。

「いくつなの？　坂口さん」

「今年で四十二歳」

ちょっと驚いた。そんなに年上の人だったんだ。でも、よくは知らないけど課長なんていう立場ならそれぐらいの年齢になるのか。

父さんとは十歳も違わないのか。

「結婚、しているんだね？」

訊いたら、姉さんは頷いた。

「お子さんもいるわ。高校生の女の子」

うわぁ、って言いたくなるのを堪(こら)えた。顔を顰(しか)めるだけにした。姉さんも、下を向いた。それじゃ、ほとんど、っていうか家(うち)とまったく同じ状況じゃないかって。

姉さんが少し下を向いて、マグカップを持って、コーヒーを飲んだ。僕は煙草を取って火を点けて、煙を流した。ここは僕が言うべきなんだろうか。それとも姉さんがその言葉を言うのを待つべきか。迷った。でも、もう一度ちゃんと言ってもらわないとって思って、待った。

「さっきも言ったけど」

小さい声で、姉さんが言った。

「私は、坂口さんと不倫の関係になってしまったの。妻子ある男性の、愛人のような立場になってしまったの」

僕は煙と一緒に小さく息を吐いて、頷く代わりにした。

不倫っていうのは、結婚している男もしくは女性が、未婚既婚問わずに他の異性と肉体関係を持ってしまうことだ。精神的な繋(つな)がりだけなら、つまりプラトニックならば不倫って言わないのかってなると微妙だけど、それもある意味では不倫なんだろう。

姉さんは肉体関係を持ってしまった。その坂口課長に抱かれたんだ。坂口さんは十六歳も下の姉さんを抱いたんだ。

奥さんも子供もいるのに。

「軽蔑する？」

姉さんが訊いた。

「いや、特には」

彼氏がいるのに他の男に抱かれたり、もしくは彼女がいるのに他の女の子を抱いたりなんて、よくある話だ。ものすごくたくさんある。毎日のようにそんな出来事がある。バイトをしていると本当にあるんだ。

「ひょっとしたら〈D〉は特に多いのかもしれないけれど」

大学生の若い男、お店にやってくる若い女の子。それはもう何かない方が不自然だってぐらいだと思う。

「だから、姉さんが妻子ある男性とそういう関係になったとしても、今の僕は何とも思わないし、好きになったんだったらしょうがないよなって思うけど」

それだけじゃないんだ。姉さんは少し眼を伏せた。

「好きに、か」

「そういうわけじゃないけれども」

「ただ、淋しかっただけ？　そこにたまたまいたのが坂口さんだった？」

姉さんが小さく苦笑いした。

「それは、坂口さんに失礼かもしれないけど」

「たくさん出てきたんだよね」

「何が？」

「その坂口さんとそういう関係になってしまってから姉さんの中に、いろんな感情が出てきてしまった。それに気づいてしまった。だから、東京から逃げ出すように来ちゃったんだ。札幌に」

たとえばだけど。

父さんに愛人がいるってわかる前までは、姉さんは父さんを嫌いじゃなかったはずだ。むしろ、お父さんっ子だったはずだ。それは何となく覚えている。いつも、母さんよりも父さんにくっついている子供だった。

「あくまでもたとえば、坂口さんを求めてしまったその奥底に、父さんへの感情があったんだ。隠していた父親への思慕みたいなもの。あんなに忌み嫌ったはずの父さんを、父親像を求める自分がいたことみたいなものとか」

姉さんが、眼を丸くした。

「よくそんな言葉が出てくるわね」

「あ、怒ったのならごめん。あくまでもたとえばで」

「怒ってないわよ。びっくりしたのよ」

煙草をちょうだい、って姉さんが手を伸ばして一本取って、火を点けた。

「全然、本当に気づかなかったけれど、あんたってやっぱり文章を書く才能があったんだね」

「そうかな」

そうよ、って笑って煙を吐き出した。

「そんな言葉が、表現が普通にすらすら出てくるなんて、びっくりするわ」

うん、びっくり、って同じ言葉を繰り返した。それから、僕を見た。

「思慕？　父親像？」

それは僕に向かっての問いじゃなくて、自分に向けて言っていた。考えていた。

眉間に皺を寄せた姉さんなんか久しぶりに見た。

「その通りかもね」

ふぅ、って煙を吐く。煙草を指に挟んだまま、しばらく動かなかった。

「いろんなものが、出てきちゃったのね。確かにそう。そんな言葉で表現するのはすっごく悔しいけれど、自分でも驚いた。そもそもそんな年上の男性に魅かれたっていうのも、自分でも驚いたんだけど」

「彼氏はいなかったの？　自分と同じような年の」

「いたわ」

にこっ、と笑った。

「結局誰にも、誰にもっていうのは家族って意味ね。紹介できないまんま別れちゃったけど。短大の頃から三年付き合った人がいたのよ。野田くんっていう同い年の人」

「ダメだったんだ」

「ねー」

姉さんは大げさに頷いてみせた。

「三年も付き合ったらいろいろ考えちゃったんだけど、ダメだったわ」

「原因は、彼氏の浮気？」

「何でわかるのよ」

「なんとなく」

そういうの、って言いながら姉さんは首を横に振った。

「そういえば幸平、子供の頃から鋭かったわよね。なんとなくわかっちゃうの。あれかなぁ、それも文章を書くことにも繫がっているのかなぁ」

「いや、自分では全然わかんない」

でも、それは恭子さんにも言われていた。〈D〉の皆にもときどき言われる。お前はどうしてそんな風に人の感情が読めるんだって。読んでいるつもりはまったくなくて、僕にしてみればごく普通の、何というか。

「その人の心を慮（おもんぱか）った結果なんだけど」

「おもんぱかった、って、どういう意味？」

「その人の心の中や周囲の状況をきちんと考えを巡らせて思慮深く考えること」

どこで、って姉さんが笑う。

「そんな言葉を覚えるのよ」

「小説を読めば書いてあるよ」

読んだことないわ、って姉さんが言う。

「そんなことないよ。僕が読んでいる小説の半分以上は姉さんが家に残していった文庫本だよ」

「あら、そう」

資質が違うのかしらね、って言う。また煙草を吸って、煙を吐いて、考えている。何を、どんな表現で言えばいいのかを考えているんだきっと。

「野田くんと別れて、生まれて初めて激しく悲しい気持ちを味わったっていうのもあったかもね」

そこで言葉を切って、首を捻って見せた。

「社会に出るとね」

「うん」

「何かについて、出来事に、喜んだり悲しんだりするその深度がすごく深くなるような気がするわ」

「深度」

そう、深度、ってもう一度言った。

「何となくそうとしか言い様がないんだけど、勢いだけじゃそこを飛び越えられない谷みたいなのがあって、そこにどんどん入り込んじゃう。良く言えば、ちゃんとしっかり、じっくり考えてるってことかな？　学生の頃がいかに何も考えずに生きていたかってことよ」

「そうだろうね」

「札幌に来たのはね」

「うん」

姉さんが僕を見た。

「会社を辞めたわけじゃないわ。有給休暇ってものをたっぷり使ってるの。おまけに悪いけどお父さんを危篤にしちゃったわ」

「そんな気はしてた」

よく聞く話だ。

「そしてね」

「うん」

姉さんは背筋を伸ばした。眼を閉じて、二回、三回と深呼吸した。ゆっくり、ゆっくり。それから、眼を開けて僕を見た。

「愛人となってしまってからの生活を聞きたい？　愛人って言っても別に坂口さん

にお金を貰ってるわけじゃないから、単なる浮気相手ってことなんだけど」

　ちょっと首を捻った。

「姉さんが話したいなら、聞くけど、別に普通なら聞くまでもないと思うけど」

「普通って？」

　普通は、普通だ。

「週に一回か、月に一回か、とにかく坂口さんは会社帰りに姉さんの部屋にこっそり来るんだよ。そこでひょっとしたら姉さんの手作りの晩ご飯を食べるかもしれないし、食べないかもしれない。そして二人で抱きあって、終わったら坂口さんは自分の家に、家族が待つ家に帰って行くんだ」

　一度言葉を切ったけど、姉さんが何も言わないので続けた。

「それで姉さんはその坂口さんの背中を見送って、また部屋で一人でいて、淋しかったり辛かったりするんだよ。淋しくて坂口さんに抱かれたはずなのに、今度は余計な、別の淋しさや辛さを抱え込んじゃったんだ。だから」

　それに耐え切れなくなったのか、あるいは絶ち切ろうとしたのかはわからないけど。

「仕事を休んで帰ってきたんだ。北海道に。旭川には帰れないから、とりあえず僕の住んでる札幌に」

姉さんが続けて早口に言った。

「坂口さんの子供を堕ろしたの」

ちょっと、おでこに軽い衝撃を受けたみたいに、誰かに、とん、と叩かれたみたいに頭を動かしてしまった。動いてしまった。

きっとそんなことは初めてだった。人間って本当にこんな風に頭を動かすんだ。動くんだ。それは、その事態は予想していなかった。予想して然るべき事態なんだけど。

「坂口さんには言ったの？」

「言ってないわ」

「何にも？」

「何にも」

大きく溜息をついたのは、僕だった。溜息っていうより、息を思いっきり吐いた。

「身体は大丈夫なの？」

「ありがとう。大丈夫よ」

そう言って姉さんが優しく笑った。

「そういうのを気遣えるんだ。何だかいちいちびっくりするわあんたの成長に。男としての」

「そういうんじゃないよ」

別に人間的に素晴らしいわけじゃない。よく聞く話だからだ。子供を堕ろした女性は何人か知ってる。そういうとき、女性は身体も心も傷つくっていうのを聞いているからだ。男は気遣ってやらなきゃならないって知ってるだけの話だ。

「もし、ここが東京だったら、坂口さんの家まで押しかけたかもしれない。あんた何やってるんだって怒鳴り込むかも」

本当にそう思った。姉さんになんてことするんだっていう気持ちが湧き上がってきた。そんな風に感じるなんて思わなかったけど。

「止めてよ。あんたそういうタイプの男の子じゃないでしょ」

「でも、アナーキーだって言われてるよ皆に。平気な顔をしてとんでもないことをするって」

姉さんも、溜息をついた。

「そうだったわね。私も知らない幸平だけど、そういう男の子に育ったのよね。ナオキくんも言ってたわ。『コウヘイは俺になんかコントロールできないですよ』って」

「ナオキさんが？」

そうよ、って笑った。

「幸平は大人しそうな顔をしているくせに、世の中の常識なんか常識と思っていない。自分がルールみたいなところがあるって」

「そうなのかなぁ」

本当に自分ではまったくわからないんだけど。

「それでいて普段からめちゃくちゃなことをしないのは、自分のルールっていうのが正しいことをする、っていうのに則しているからだって。ナオキくん、おもしろいこと言ってた」

「おもしろいこと？」

うん、って姉さんは頭を動かした。

「きっと、真面目な家庭で、かつ、とんでもないルールで育てられたんじゃないかって。そうでなきゃあんな風には育たないって」

「家(うち)は、そうだったかな？」

そうよ、って姉さんが言う。

「お堅い公務員のくせに、子供を厳格に育てたくせに、自分の娘とそんなに変わらない若い愛人を持っている父親ってどうなのよ。それを知ってて黙って耐えている母親ってどうなのよ。まさに家はそういう家庭じゃないの」

姉さんがそれを知ったのは、あのときなんだ。姉さんが十五歳のとき。僕を抱きしめてわんわん泣いたとき。僕が知ったのは、姉さんが高校を卒業して家を出ていくときだ。

「父さんは」

姉さんが静かに言う。

「まだ続いているの？　あの人と」

「知らないよ」

そんな話なんかするはずがない。

「でも、帰りが遅くなるときは月に何回かは必ずあったんでしょ？」

「僕が家を出るまではね。その後のことは知らない」

「そもそもさ、あんたはどう思っていたの？　喧嘩とかしなかったの？　それこそ何考えているんだって殴りかからなかったの？」

そんなテレビドラマみたいなことを期待されても困る。

「できると思う？　母さんの前で」

姉さんは少しの間僕の眼をじっと見て、そうね、って呟いた。

「できないわよね。あの人の前では」

母さんは、優しい。そして、弱い女性だ。

いや、ひょっとしたらものすごく強いのかもしれない。そういう父さんと長い間夫婦をやっているんだ。でも、僕と父さんが喧嘩でもしたら、いちばん悲しむのは母さんだ。泣くのは母さんだ。それは間違いない。父さんが愛人と会っている場面を見たわけじゃない。その人の存在は知っているし顔を見たこともあるけれど、実際にそういうことをしてるのは確かめていない。

でも、事実としてある。父さんもそれを一度は認めた。

そんな経験をしたことある人は、なかなかいないだろうと思うけど、友達に確かめることもできない。そんな家の事情を話すことなんかできないからだ。実際、こうやって誰かと話すのは、これが初めてだ。

そう言ったら、姉さんは小さく首を動かした。

「私は、話したわ」

「誰に?」

「坂口さんに」

それは。

「子供を堕ろした後、前?」

「後よ」

「何か言ってた?」

口にはしないで、姉さんは頭を横に振った。

何も言えないと思う。もちろん誰にも言えないだろう。坂口さんはどんな男なのか。会社ではどんな仕事をしてるのか。

「そうだろうね」

「離婚してくれとか、そんな話はしなかったの?」

「しないわよ。そんなこと私は望んでいなかったし」

「どうして?」

「どうしてって?」

好きじゃなかったのか。好きだから抱かれたんじゃないのか。奥さんと別れて欲しいと思わなかったのか。

「一度も思わなかったって言ったら嘘になるけど」

「けど？」

「相手の家庭を壊してまで、自分が坂口さんと一緒にいたいとは思わなかった」

「それは」

本当に好きじゃなかったってことじゃないのか。そう言ったら姉さんは小さく首を横に振った。

「たぶん違うと思う。私は、坂口さんと一緒にいると楽しかった。あの人の話し方やご飯の食べ方や、それこそ、恥ずかしいけどぬくもりが大好きだった。だから一年以上もずっと愛人まがいの関係を続けてこられた。それ以上は望まなかったし、考えもしなかった」

「男にしてみれば、坂口さんにしてみれば、都合のいい女ってことだよねそれって」

姉さんは、また大きく息を吐いた。

「その通りね」

ふいに頭を巡らせて、窓の方を向いた。カーテンが掛かっているから窓の外なんか見えないけど。

「今になると、何となくわかるわ」

「何が」

「父さんの愛人をやってる添野さんの気持ち」

驚いた。

「知ってるの!?　名前」

「知ってるわよ」

少し口を尖らせて、言った。

「名前も顔も何をやってる女性なのかも」

「どうしてそんなこと知ってるの」

「調べたからよ。決まってるでしょ。もちろん自分でよ」

それは。

「家にいるときに？」

「そうよ。高校生のときに。お父さんを尾行したのよ」

思わず眼が丸くなっちゃったけど、そうだったたって思い直した。姉さんは、そういう人だった。煙草を揉み消して、続けた。

「いい機会だから教えておくね」

そう言って立ち上がって部屋の隅に置いてある自分のバッグからメモ帳を取り出してきて、書き始めた。

「名前は添野縁さん。今年で、えーと三十五歳になるのかな。もちろん独身よ。仕事は薬剤師さんで、旭町の薬局に勤めているわ。もっとも」

メモを書き終わって、それを丁寧に切り取って僕に手渡してきた。

「私が高校生のときのものだから、もう十年近く前ね。私が東京に出てからは一度も確認していないけど、もし今はそこにいなくても、これだけわかっていればその気になれば調べられるでしょ」

「調べるって、なんで」

メモを見ながら言った。姉さんのきれいな字を久しぶりに見た。そういえば書道も五段だったっけ。名前と部屋の住所と電話番号、薬局の名前。確かにこれだけ揃っていれば、引っ越ししたり転職したりしても、何とか跡を辿れそうな気がする。

「今も父さんと関係があるんだったら、随分長いわよね。それこそ十年以上よ。それだけ長くなってるんだったら、いろいろとあるかもしれないからよ」

「たとえば？」

「縁起でもないけど、お父さんが死んだときとか」

「あぁ」

そうか、って思った。

「あるはずがないけど、財産分与とかそういうの」

姉さんが、ゆっくり頷いた。

「法的には権利がないかもしれないけど、あるでしょ？　そういう話」

「あるね」

葬式に愛人とかやってきて私にも権利がありますとかなんとかそういうの。

「財産は確かにないわよ。でも、ないって言っても、いちおうお父さんは土地持ちなんだからね。あそこを売れば何百万っていうお金が入るわよ。そして早河(はやかわ)家の家長は、普通は長男のあんたになるんだからね」

「そっか」

「そうよ」

僕は長男だった。姉さんはもちろん長女だけれど、もしこの先に結婚して向こうの家に入るのなら、名字が変わる。

もし、父さんや母さんに何かあったのなら、死んじゃうとかあったら、早河家を代表するのは僕になる。それは、家を出て札幌に来るときに父さんも言っていた。

お前が、早河の名前を継ぐんだからなって。そのときは適当に聞き流していたけど。

　姉さんが、小さく息を吐いた。

「あ、なんだかこれってホッとしたのかも」

「どうして」

　少し笑った。

「あんたに伝えられて。愛人さんのことをあんたに教えなきゃって気はなかったんだけど、どこかで思っていたのかもね。将来のためにきちんとしないとって」

　うん、って頷いておいた。

「メモ、どこかに置き忘れたりしないでよ。誰かに見られるのもダメ。絶対にね。気をつけてよ」

「わかった」

　テーブルの上に置いといた財布を取って、その中に入れた。

「あんたは財布にコンドームとか入れないの？」

「え？」

　ブラックジョークなのかと思ったら、言った本人がびっくりしてた。

「ごめん」

「いや謝らなくてもいいけど」

そもそも財布にコンドームは入れない。何故なら丸い跡がつくっていうのはもうわかってるから。

「一気に話が生々しくなっちゃった。気づかなかった」

「父さんの話をしてるから、自分のことを忘れてたんだよ」

そうね、って苦笑いした。

「もう、気持ちの整理はついたの？」

簡単につくもんじゃないとは思うけど、姉さんは、うん、って頷いた。

「気持ちも、関係もね。こっちに来るときに、もう二度と会わないって言ってきた」

「会社で会うじゃん」

「それはしょうがないわよ」

「しょうがないで割り切れちゃうの？　毎日会うんでしょ？」

「それが辛くなったら、どうしようもなくなったら会社を辞める」

そう言って、確認するように二回頷いた。

「辞めてどうするの。こっちに帰ってくるの？」

「来ないわ」

「そこは変わらないんだ」

「変わらないっていうか。たぶん大丈夫。私はそんなことで会社を辞めないから。

その辺の自信はあるんだ」

そうなのか。そうかもしれない。姉さんはいつも自信たっぷりだったから。

「うん」

大きく頷いて、パン！　って手を打った。

「これで全部話した。もう言ってないことはない」

さっぱりした、って言うみたいに、姉さんは笑った。

「言っておくけど、お父さんお母さんには内緒よ」

「言えるわけないよ」

「あと、もしあんたが将来東京で働くようなことになっても、絶対に坂口さんに会おうとかしないでよ。もう終わったことなんだから」

了解、って頷いておいた。

終わったこと。

姉さんはもう一度その言葉を繰り返した。そんなんで終わらせていいのかとも思ったけど、弟である僕が口出しすることじゃない。大人の姉さんが、自分の行動に、自分で結論を出しただけ。

これでもしも、姉さんが泣いたり、泣き暮らしたり、どうにかなってしまったんなら何か僕も行動を起こすかもしれないけれど、そうはならなかった。

「強いのかな」

「何が」

何でもない、ってごまかした。姉さんも、進藤さんも強いんだろうか。同じような体験をした女性がいきなり身近に二人も現れてしまった。それについては何もできないけど、進藤さんがもう一度ちゃんと僕たちと一緒に働けるようにしたみたいに、姉さんがここにいたいのなら好きなだけいてもらおうと思った。

「さ、じゃ、次はヒロコちゃんだね」

「そうだね」

# 十二

早番で上がったミッキーが、カナちゃんを連れて〈D〉に戻ってきたのは十時半ぐらい。今日はシフトに入っていなかったエドも、ギターを抱えてちょうどその頃にやってきた。

僕は厨房でソフトはナオキさんで、ホールはブチョウさん。お客さんもあと二組しかいなくて、これなら十一時には素直にレジを締めて帰れるなって話していたんだ。ナオキさんもソフトの片付けをさっさと終わらせて、レジの仮締めをしている。仮締めは、ヒマなときとか早く帰りたいときによくやる技。事前にレジを開けて計算をして釣り銭を合わせて、最後のお客さんのお代の分だけ足し算すればいいって形。小銭を大っぴらにカウンターに広げてできないので、狭いところでちまちまやるのが面倒臭いと言えばそうだし、うっかり小銭をばらまいてしまうと大変なんだけど。

カラン、って音がしてドアが開いて、入ってきたのは姉さんとヒロコちゃんと恭子さん。レジのところにいたナオキさんが軽く笑って三人に声を掛けていた。

来るのはわかっていたし、三人で一緒だったのもどこかで待ち合わせしてから来たんだろうから別に驚くことじゃないけど、ちょっとびっくりしたのは、ヒロコちゃんが普段とは全然違う大人っぽいきちんとした格好をしていたこと。

真っ白な少しゆとりのあるブラウスはたぶんシルクで、それに紺色のこれもゆったりとしたスラックス。ドレッシーな装いで、このままピアノの発表会でステージに立ってもいいぐらいの。ホールをやっていたブチョウさんも思わず口を開けてヒロコちゃんを見ていた。

三人でゆっくりと店の奥にやってきた。姉さんは何を買ってきたのか紙袋を持ってる。あれはお菓子屋の紙袋だから、ひょっとしたらヒロコちゃんの家に持っていくのに買ってきたんだろうか。

「ヒロコ、きれーい」

カウンターに座っていたカナちゃんが眼を大きくしながら、ちょっと驚いたみたいに言った。隣に座っていたミッキーも、うんうん、って思いっきり頷きながら同意してる。

お化粧もいつもとはちょっと違うような気もする。ヒロコちゃんは、元々がものすごく華やかな顔立ちの美人だ。とても高校生とは思えないぐらいの。そういう子がこういう格好をすると、何というか、周りを圧倒するような雰囲気を放つ。

「どしたのその格好？」

エドがニコニコしながら訊いたら、ヒロコちゃんは少し恥ずかしそうに、こくん、って頷いた。

「美枝(よしえ)さんが家に来てくれて、こうした方がいいからって」

「え？　もう家まで行ったの？」

それは親に会ってきたってことじゃなくて、ヒロコちゃんの部屋って意味だろうけど厨房にいた僕がちょっと驚いて姉さんに言うと、にやりと笑った。

「社会人になって会社で働くとね、いちばん大事なのは〈根回し〉ってものなんだってわかるのよ。覚えておきなさい」

そういう姉さんも見たことないグレーのパンツスーツを着ている。あれは荷物の中にはなかったはずだから、こっちで買ったんだろうか。いかにも、企業で働くOLで、仕事はまだ終わってないけどちょっと寄りましたって感じだ。いや実際にOLなんだけど。

そして恭子さんもだ。紺色のジャケットに白いブラウスに同じく紺色のプリーツスカート。これも、それこそ教授の学会の助手でステージの脇に控えている学生みたいだ。

「もうヒロコちゃんの親と話してきたってわけじゃないよね？」

訊いたら、まぁ待ちなさい、って感じで姉さんは右の掌を広げた。

「いっぺんに皆に説明したいから、店が終わってからにしましょうよ。まずはコーヒーちょうだい」

恭子さんとヒロコちゃん以外の皆で、了解、って頷いた。もう一人、ナオキさんも何も驚いていなかったから、全部わかっていたのかもしれない。そもそも全部がナオキさんの仕込みみたいなものだろうから。

いつものように、ヒマな閉店までの時間が流れていく。もちろん閉店ギリギリまで忙しい日もある。そんな日はどうして皆そんなにここが好きなんだっていうぐらいに十一時まで満席で、十一時を少し回ってから「すみませんが、閉店時間になりました」ってホールの担当がにこやかに言うまで座っているんだ。それから、ぞろぞろと順番に席を立って、レジをして、出ていって、カップやらなにやらを下げて洗って掃除してってやっていくとあっという間に地下鉄の最終の時間になってしまう。

　残っていた二組のお客さんがほとんど同時に立ち上がって、支払いをしてお店を出ていったのは十一時十分前。その前にもうほとんど掃除も片付けもレジ締めも終わっていたので、あっという間に最後の片付けをして、着替えて、皆で大きなテーブルに集まった。

　ヒロコちゃん、姉さん、恭子さん、カナちゃん、それにナオキさんにブチョウさんにミッキーにエドに僕。全部で九人。

「ってことで」

　椅子に座って、煙草に火を点けながらナオキさんが言った。

「一服したらこのままヒロコの家に行くぞ」

「これから？　すぐに？」

　ブチョウさんが少し大きな声で言った。ミッキーもカナちゃんもエドも、もちろん僕もちょっと驚いて眼を大きくさせてしまった。姉さんとヒロコちゃんと恭子さんは驚かなかったから、やっぱりもう打ち合わせ済みなんだ。

「でももう十一時過ぎだよ？　いいの？」

「善は急げ」

ナオキさんがニヤリと笑ってブチョウさんに言った。

「そのために、美枝さんと恭子ちゃんで事前に仕込んでおいてもらったから大丈夫だ」

「何をしたんですか？」

訊いたら、恭子さんが少し微笑んだ。

「美枝さんが、お手紙を出しておいたの。ヒロコちゃんのご両親に」

「お手紙かぁ」

エドが小さく繰り返して納得したように頷いて、姉さんが恭子さんに続けて言った。

「ヒロコちゃんのご両親は、二人ともとにかく忙しい人たちだって言うからね。まったく見知らぬ小娘がいきなり朝っぱらから、もしくは夜中に電話したって不快に思われるだけだし、年配者へのファーストコンタクトにはまずは丁寧な、そしてスタンダードな様式の手紙なのよ。覚えておきなさいよ幸平」

「肝に銘じておく」

姉さんが、よろしい、って感じで頷いた。そう、姉さんは字がきれいだ。そんな姉さんが本気で書いた手紙はどんな堅苦しい大人だって思わず感心しちゃうだろう。

「なんとなくわかるけれど、今回のお願いをしに行くって書いたんですか？」

ミッキーが姉さんに訊いた。

「そうね。それもあるけれど、今までのヒロコちゃん親子のすれ違いをまず何とかしないと話にもならないだろうと思って、そこを素直に書いた。決してヒロコちゃんは不良なんかじゃありません。しっかりとした考え方を持った女の子ですってことを、ちょっと嘘を交えて」

「嘘？」

言ったら、姉さんがペロッと舌を出した。

「ここは嘘も方便ってことで、皆も口裏を合わせてね。私はこの間皆と知りあったばかりじゃなくて、以前から、つまり幸平の姉ということで幸平がここで働き始めた頃から皆と親交があったって。休みを取って札幌に来てヒロコちゃんとも顔を合わせたり、電話をし合う仲だったたっていうことにしてちょうだい」

なるほど、って頷いた。それなら手紙で事情を説明しても全然おかしくはないし、その程度の嘘をつくことなんか何でもない。

「そして」

姉さんは今度はニヤリと笑って、ナオキさんを見た。

「実はナオキくんとは恋人同士だったってこともね。東京と札幌で離れてはいたけれどちゃんと付き合っていたって」

「え？」

　皆の頭の上に一瞬〈？〉ってマークが浮かんだ。

「あ！」

　カナちゃんとミッキーが同時に声を出した。

「それの関係ですかナオキさん！　この間の突然のデートって！」

　ナオキさんが苦笑いして頷いた。

「この間、エドとコウヘイには言ったよな。ヒロコのボディガードの話」

「したね」

　エドが言って僕と二人で頷いた。

「そいつは警備会社の人間でさ。梶本(かじもと)さんって名前なんだけど、強面(こわもて)だけど実はとてもいい人なんだよ」

「いい人？」

　ナオキさんが煙草を吹かしながら、そうなんだ、って続けた。

「実際、ここ何年かのヒロコのことをずっと見てきたのは、その梶本さんだけって言っていいぐらいだ。何せ彼女が朝家を出てから夜に戻るまでずっと見守っていたんだから」

「ずっと、だったの？」

エドが訊いたら、ヒロコちゃんは小さく頭を動かした。

「高校に入る少し前からずっと。ワタシが行くところにはどこにでもついてきてた。でも、怖い人じゃないんだ。本当に優しい人」

「それは、ご両親がヒロコちゃんを監視するためにつけたってことなのかな」

訊いたらヒロコちゃんはちょっと唇を歪めて頷いた。

「そう。ほら、ワタシは中学の頃から学校をサボって一人でフラフラすることも多かったから」

それは、別に遊び歩いていたわけじゃない。僕たちはよく知っているけれど、彼女は、何ていうか、感受性が豊かでそして常識には囚われないんだ。

「実際問題、ヒロコは遊び回っていたわけじゃない。ここに来る以外はたまにライブに行ったりするぐらいだ。それを梶本さんは知っていたし、そもそも親が放ったらかしで自分にヒロコの監視を任せているのをあまり良くは思ってなかった。そこに、先日突然興信所の連中がヒロコやヒロコの周りにいる俺の尾行をしてるのに気づいたんだ」

「興信所」

ちょっと皆が驚いた。

「素行調査さ。梶本さんはあくまでも警備会社のボディガード。もちろん報告は上げているけれど、何をしていたかどこに行ってたかなんて細かい報告の義務はなかった。ヒロコが悪い奴等に引っ掛かったり、事故に遭わないで無事に部屋に戻っていればそれでいい。もしくは親が用事があるときに家に連れ戻すだけの役割だった」

「それでか」

エドだ。

「ボクのライブのときに、突然連れていかれたのは」

ヒロコちゃんが、こくん、と頷いた。

「で、梶本さんは、カチン、と来たのさ。ヒロコちゃんのことなら何もかも把握していると自負のあるボディガードである自分をないがしろにして素行調査をするとは何事だ。しかも梶本さんは俺らのこともちゃんと見ていてくれて、ヒロコを大事にしているのも知っていた。なので、親に変な報告をされないように何とか体裁を繕えって連絡くれたんだ」

「それが、デートの真実」

姉さんが笑った。

「ナオキくんがヒロコちゃんの周りにいつもいるけれど、彼氏なんかじゃないない純粋な関係だってことを、きちんと報告させるためにね」

そういうことだったのか。そしてそれもヒロコちゃんを東京に行かせるための布石にするためだったのか。姉さんという存在もあるんだってことを。

「何で突然素行調査を始めたのかな？」

エドが言った。

「たぶんだけど」

ナオキさんだ。

「ヒロコが東京に行きたいって言い出したからだろうな。何を考えているのか、どこかに悪い友達でもいるんじゃないかって思ったんだろ」

「それにしても」

ブチョウさんだ。

「いや、ヒロコちゃんの眼の前でご両親を悪く言いたくはないけれど、少しひどいんじゃないのかなそれは？　放ったらかしでボディガードさえつけておけばいいみたいな。さらには素行調査だなんて」

「まぁ、そういう意見を持ってしまうだろうけど、いろんな愛情の形があるってことよね」

　姉さんだ。

「少なくとも、ヒロコちゃんのご両親は今までヒロコちゃんの自由意思を奪うことはしなかったし、ふらふらしてるからって家に閉じこめることもしなかった。バレエも習わせたしお金も自由に使わせた。実際問題、ただ優しいふりして何ひとつ与えられない親よりはいいかもしれないわよ」

　うーん、って皆が唸った。弟である僕は、姉さんのその言い方の奥にあることも含めて、まぁ理解はできる。

「そして、私の手紙で今日の訪問を許してくれたってところだけでも、ちゃんと対応してくれるいい親だと思うわ。だから、私は確信してる。きっとヒロコちゃんを東京に行かせてくれるって」

　そう、って頷きながら、ナオキさんはポン、と腿を叩いて立ち上がった。

「何であろうと、俺たちは真剣に、真面目にヒロコの親に話を聞いてもらうだけだ。お願いするんだ。精一杯の誠意を込めて、ヒロコを東京に行かせてやってください。オーディションを受けさせてあげてくださいってさ」

そうだね、って皆がそれぞれに言って、立ち上がった。


それは、笑ってしまうぐらいに、あっさりと終わってしまった。

まるで映画に出てきそうなぐらいの豪華なヒロコちゃんの家。踊り場だけで大人が寝られそうな階段がある個人宅なんて、本当に初めてだった。

通された客間には暖炉があったし、テーブルは僕たち全員が座ってもまだ何人も座れたし、何よりもお手伝いさんがいた。わかってはいたんだけど、僕たち庶民とはまったく違う人種がいるってことを嫌っていうほど味わった。

でも、ヒロコちゃんのご両親は、嫌な人じゃなかった。

気難しそうなお父さんではあったけれど、そして常に顰め面をしていたけれども、高圧的なところも何も見せないで僕たちの話を聞いてくれた。お母さんは、ヒロコちゃんにそっくりな美人で、そもそもお母さんになんて見えないぐらいに若かった。

印象的だったのは、ミッキーとカナちゃんがガチガチに緊張していて一言も言えなかったのと、エドがその如才なさを存分に発揮して、自分と親の間にあった経験談を思わずヒロコちゃんのお母さんがほろりとしてしまうぐらいの臨場感で話して、そしてヒロコちゃんもきちんと自分の考えを言って。

僕も含めて、その他の皆はまったく出番はなかった。

ほとんど姉さんの独り舞台。

もちろん姉さんが頭が良くて弁が立って、中学でも高校でも生徒会長をやっていたのは知っていたけれど、人前で話すのが、誰かにきちんと心の内を伝えることがこんなにも上手だっていうのはまったく知らなかった。

堂々としていたし、理路整然としていたし、それでいて押しつけがましくなかった。ヒロコちゃんの年上の友人として、ヒロコちゃんの望みを叶えてやってほしいってお願いをきちんとしていた。それでいて、眼には涙を浮かべていた。感情を抑えて真摯な気持ちが伝わってきた。嘘も含めて何もかも知っている僕たちでさえ、ちょっと感動してしまうぐらいに。

姉さんの中にいろんなものがあった。それは実家にいた頃から一人で家を出て東京で暮らし始めて働き出してからもずっとあったもの。その思いを、ここで全部込めたんじゃないかって思うぐらいに。

そのせいかどうかはわからないし、そもそもヒロコちゃんの親はもうオーディションを受けることを許してやろうと考えていたようにも思ったけど、本当にあっさり、許してくれたんだ。

「言っていい？」

二人で部屋に帰ってから、姉さんに言った。

「何を？」

「感心した」

我が姉ながら素晴らしかったって素直な気持ちで言ったんだけど、姉さんは苦笑した。

「あれぐらいできないと東京で女一人やってけないわよ」

姉を空港で見送るっていうのも、あまり日常ではない経験じゃない？　なんて言われて、空港まで来ていた。それは確かにそうだって思う。

それに、時間があるなら行かないわけにはいかない。姉さんだけじゃなくて、ヒロコちゃんも一緒なんだから。

木曜日の午前十一時の飛行機で東京に帰る姉さん、そして東京に行くヒロコちゃんの見送りは、僕と恭子さんだけだった。本当なら皆も一緒に見送りに来たかったんだけど、ナオキさんは今年卒業するためにどうしても出なきゃならない講義があった。ブチョウさんはもちろんサボらないし、カナちゃんも学校がある。エドとミッキーは早番のシフトが入っていてちょっと変更はできなかった。だから、必然的に僕と恭子さんの二人。二人とも講義をサボってしまったけれど、そこは大丈夫。

そして、皆が来られないその代わりってわけでもないんだけど、ヒロコちゃんに皆で選んだお守りを渡したらすごく喜んでくれた。

「可愛い！」

そんなに高いものじゃないけど、最近流行っている腕時計。男物だけどヒロコちゃんなら似合うって皆で買ったんだ。

「これつけてオーディション行く！」

「そうして。絶対受かるから」

ヒロコちゃんは、東京ではしばらくの間姉さんの部屋に住む。オーディションは三日後だし、発表は遅くとも二、三日で、すぐにあるそうだ。もし落ちてしまったらあきらめて札幌に帰ってきて高校を卒業するけれども、受かったら撮影が始まるんだから、そのまま東京にいる。こっちの高校には休学届けを出すか、もしくはできるなら東京の高校に転校する。その辺は、合格してからの話だ。

もちろん、親にはそうなったらきちんと部屋を借りてもいいって約束を、あの夜に取り付けた。

でも、姉さんは何だったらしばらくは一緒に住んでもいいって言ってた。ヒロコちゃんとは気が合うみたいだし、もし受かったとしてもそういう世界は海千山千の大人がたくさんいるから、私が守ってあげる、なんて言ってるんだ。まぁその方が親も安心するだろうしね。何だかヒロコちゃんのご両親は随分姉さんのことを気に入ってたみたいだったから。

そのお父さんとお母さんは、見送りには来なかった。

仕事が忙しいせいもあったんだけど、自分一人で決めたことなら最後まで一人でやってみろって話だった。飛行機代から東京の滞在費、姉さんへのお礼も含めて随分たくさんのお金をヒロコちゃんに渡したそうだ。冷たいような気もしたけれども、姉さんも言っていたけど、それもひとつの愛情の形なんだと思うことにする。

金だけ出して知らんぷりか、って最後までブチョウさんは納得できないような顔をしていたけれど、ヒロコちゃん自身はそれでいいんだって言っていた。

仲良しこよしだけが、親子の形じゃない。そういうのもありなんじゃないかって思うようにするって。

「じゃあ、そろそろ行くわ。見送りありがとね」

姉さんが言って、ヒロコちゃんも頷いてから続けた。

「皆によろしく言っておいてね」

「わかった」

「あ、恭子ちゃん」

姉さんが呼んで、いきなり背筋を伸ばして恭子さんに向かってお辞儀をした。

「ふつつかな弟ですが、よろしくお願いします」

「絶対そういう台詞を言うと思ってたよ」

本当にそう思ってて、いつどの場面で言うかってずっと待ってた。

「姉さん」

「なに?」

「今度帰ってくるときには事前に電話してよ」

そう言ったら、笑って頷いていた。

「そのときには、もっと嬉しい話題をたくさん抱えてくるようにする」

「そうしてくれるとありがたい」

「あ、それとね」

母さんにだけ、元気だったって伝えておいてって姉さんは言った。ヒロコちゃんと二人で大きな荷物を抱えて、僕と恭子さんに手を振ってゲートを入っていった。笑顔で、元気よく。

それを見送って、姿が見えなくなってから、僕と恭子さんは同時に少し息を吐いてしまった。

「行っちゃったね」

「うん」

帰ろうか、って恭子さんに言って歩き出したときに、ちょっと笑ってしまった。

「なに？」

「いや」

考えてみれば、僕は姉さんを見送ったのは初めてだった。

「そうなの？」

「前に実家を出たときには、僕はいなかったから」

「そっか」

「うん」

久しぶりに思い出した。

久しぶりというか、あの日以来初めてそんなことを思った。もちろん姉さんが東京の学校に行くことは知っていたし、引っ越しの荷物をまとめるのも手伝ったけど、家に帰ってきたらもう姉さんはいなくなっていたから。

「淋しかった?」

恭子さんは少し微笑みながら訊いてきた。

「少しね。後から思った」

そのときは何とも思わなかったけれど、夜になって一人で部屋にいるときに思った。姉さんがいないんだなって。

「何だか家の中に隙間風が吹いているみたいに感じたかな。今、思い出したけど」

「今日も思うかもね。部屋に戻ったら」

どうだろ、って苦笑いした。でも、そうかもしれない。短い間だったけど、部屋に帰ったら姉さんがいるってことに慣れちゃったから。

そう思った瞬間に、そこで、立ち止まってしまった。

そんなつもりはなかったんだけど、その思いが突然どこかから降ってきて、僕の胸のどこかにストン、と落ちた。

「どうしたの？」

二歩先に行って気づいた恭子さんが、振り返って訊いた。

「いや」

その言葉を言うのに、全然迷わなかった。

「ブチョウさんの真似をするわけじゃないけどさ」

「うん？」

「恭子さんさえ良ければ、一緒に住もうか」

恭子さんの眼が少し大きくなってちょっとびっくりした顔をして、それからにっこり笑った。

「私は、来年院に進んで、それが終わったら札幌を離れるつもりだけど」

「僕も同時に卒業だよ」

ちょうどいい。どこへ行くかなんて全然まだわからないけれど、新しい生活を一緒に始められる。

そう言ったら、そうだね、って恭子さんも笑って頷いた。

一九八二年　札幌　九月

九月に入ってから札幌はずっとものすごく暑い日が続いていて、残暑にも程があるぞってあちこちで言っていた。実際何十年ぶりかの記録らしい。僕たちは暑くてもまぁ特に問題はなくて、短い北海道の夏の気分をまるでおまけみたいにいつまでも味わえていいんだけど、農作物への影響なんかはいろいろあるんだろう。

ヒロコちゃんが主演の映画〈パール・パール・パール〉は、結局恭子さんと二人だけで観に行くことになってしまった。

オーディションでヒロコちゃんが見事に主役を射止めたときには、皆で大騒ぎになった。

夕方に姉さんから〈D〉に電話があって、電話を取って話したのはナオキさんで、ナオキさんが大きく右腕を天井に向かって突き上げて「ヒロコちゃんが受かった！」って言ったときには皆で「オーッ！」って大声を出してお客さんを驚かせてしまった。その後でマイクでナオキさんがお客さんに「この店の常連の女の子が映画のヒロインに決まったので」って説明したら、今度はお客さんもすごく驚いて拍手が巻き起こったけれど。

そのときには、皆で一緒に映画を観に行けるなって話して盛り上がっていたんだけど、映画の完成までには相当時間が掛かるっていうのをすっかり忘れてた。

ヒロコちゃんがこの映画の主役を摑むために東京にオーディションに行ったのはもう一年以上前で、僕はもう三年生になっていたし恭子さんは大学院に進んでいた。

一緒にヒロコちゃんのために家にまで押しかけてご両親を説得した〈D〉のバイト仲間は、けっこうバラバラになってしまった。

ナオキさんは、大学を卒業して実家のある稚内に帰っていった。

家業である雑貨店の〈宮下商店〉を継いで立て直すためだ。

稚内へは僕は行ったことないけど、ナオキさんの話では寂れていく田舎でしかないそうなんだけど、「そのうちに全国ニュースになるぐらいに、とんでもないことをして店を流行らせてやるから見てろよ」って笑っていた。ナオキさんならきっとそういうことをやってしまうんじゃないかって皆で話している。この間、初めてのオリジナルの商品だって手紙を添えて、〈D〉に干物のパック詰めをたくさん送ってくれた。さすがに営業中に干物をお店で焼くことはできなくて、閉店してから他の店の皆も集まって、干物を焼いて日本酒を持ち込んで皆で宴会をした。写真をたくさん撮って、ナオキさんに送ってあげた。

そのうちに稚内に遊びに行こうって決めているんだ。ナオキさんの話では家は広くて何人来ても泊まれるって言うから。

エドは、結局、大学を中退した。つい三ヶ月ぐらい前。

一度はきちんと大学を卒業してから東京に行くと決心はしていたんだけど、どうしてもこのままではダメだって思いが激しくなってしまって、これ以上自分に嘘がつけないって言っていた。それで、自分で親ともう一度きちんと話して、話し合って、一人で東京に行ってしまった。

東京で〈D〉みたいな、バイト同士が仲の良い喫茶店を見つけてそこでバイトしながらライブ活動をしているみたいだ。姉さんにその店もライブも観に行ってもらったけど、すごく元気で、札幌にいるときよりも生き生きしてやっているみたいで、それはまぁそれで良かったよな、って皆でことあるごとに話している。いつか、それは本当に夢みたいな話なんだけど、エドがメジャーデビューしてラジオやテレビで声を聞いたり顔を見たり、そしてレコード店でアルバムを買えたらいいのになって思ってる。

ブチョウさんは、相変わらず真面目に大学に通っている。就職活動のために〈D〉のバイトに入るのは減ってしまったんだけど、元気だ。進藤さんとも仲良くやっている。目標である公務員になりたいし、できればそれは地元である稚内にはしたいけれど、とりあえずどこの街でもやっていく自信はあるって言ってる。それはもうもちろんそうだって皆が思ってる。ブチョウさんの真面目さは、どんな仕事にだって通用するはずだ。

進藤さんは、〈D〉を辞めた。あの騒ぎがあって、社長室を引っ越して、しばらくの間はそれまで通り事務をやっていたんだけど、やっぱりブチョウさんと一緒に暮らし始めたのがいいきっかけになったみたいだ。今は、歯医者さんでアルバイトをしながら学校に通っている。医療事務の勉強をしているんだ。もちろん、〈D〉にはお客さんとして通って来てるけど、進藤さんが何を飲んでも食べても全部タダにしているのは社長に内緒にしてる。それぐらいしても当然なんだって僕たちは思ってるから。

そして社長は、相変わらずだ。何にも変わりはしないで毎日精力的に動き回ってる。今まではずっと喫茶店ばかりやってきたけれど、満を持してバーをススキノに出すことも考えているそうだ。進藤さんに対してもそれまで通り、何の悪びれるところもなく接している。そうでなければ、そういう人じゃないと社長っていうのはやっていけないんだ。

ミッキーもカナちゃんも元気だ。二人はなんだかとても仲が良くて、小樽（おたる）のミッキーの実家にも顔を出して泊まったりもしているみたいだ。

岡本さんも、〈D〉を辞めた。

進藤さんよりも後になったけど、今度はきちんと全員に挨拶をしてから。「お前たちは若いんだから失敗を恐がるなよ」って僕たちに言い残して。それから、いい大人なのに青臭いことで騒がせて悪かったなとも言っていた。

それから何をやっているのか、全然誰も知らなかった。一度も店に顔を出さなかったし、どこかの同じような店で働いているって噂話も入ってこなかった。ようやくどうしているかを知ったのは今年のお正月が終わってすぐだ。

〈ドール〉のチーフのマッツさんが〈D〉に来て話してくれた。自動車教習所で岡本さんに会ったって。オートバイの、限定解除の免許を取るために来ていたって。「何をするんですか」ってマッツさんが訊いたら、「ナナハンに乗ってどこかへ行く」って笑いながら話していたそうだ。冗談かもしれないけどさって。後から確認したんだけど、やっぱり奥さんとは離婚していたらしい。その後一体どうしているのか、誰もまだ知らない。いつかどこかでバッタリ会って、そのときに旨い酒でも飲めたらいいよなって皆で話した。

ヒロコちゃんは、まだ東京で姉さんと一緒に暮らしている。この間、姉さんが電話してきて、そろそろ本格的に女優として生活を始めるので新しい部屋を借りることを考えているそうだ。そこでも、姉さんと一緒に暮らすつもりらしい。ヒロコちゃんがそうしてほしいって頼んでいるそうだ。

なんかもう、このままヒロコちゃんのマネージャーでもやろうかしらって冗談で姉さんは言っていたけど、あまり冗談にも聞こえなかった。姉さんならきっと生き馬の目を抜く芸能界でも有能なマネージャーになれるんじゃないだろうか。恭子さんも絶対そう思うって太鼓判を捺していたし。

ヒロコちゃん主演の映画〈パール・パール・パール〉は、正直なところそんなに傑作とは思えなかった。原作はおもしろかったんだけど、映像になるとそれはまた別物になってしまっていて、少し残念な思いが残った。映画評とか後から見ても酷評があったりして、可哀相だったかなーと話していた。

でも、ヒロコちゃんの演技は良かったと思う。まだ高校生だったのにヌードシーンにも挑戦していてびっくりしたけれど、堂々としていたし、こんな表情ができるんだって感心するところもあった。

いつか、日本を代表するような女優になってほしいと思う。

恭子さんと一緒に暮らし始めて一年過ぎて、それがもう普通の、あたりまえの生活になってしまっていた。

引っ越す前に、女性と暮らすのを報告するのに実家に帰った。

父さんに怒られて、母さんを泣かしてしまうかなって思ったんだけど、予想外に二人はすんなり受け入れてくれた。むしろ、なんか喜んだんじゃないかって後で思ったぐらいに。それもこれも、一緒に行ってくれた恭子さんの人柄というか人徳というか、とにかく彼女のお蔭だと思うんだけど。

後から思ったけれど、そして何だか少し悔しかったけど、やっぱり恭子さんは少し姉さんに似ているのかもしれない。恭子さんに面影みたいなものを、いや姉さんは死んだわけじゃないんだけど、そういうのを感じて父さんも母さんもなんか納得っていうかそういう感じがしたのかもしれないって。

恭子さんの実家こそ大変なことになるかなって覚悟していたんだけど、驚いたことに「電話だけで大丈夫」って言われて本当にそれだけで終わらせてしまった。一応電話口には出たんだけど、「恭子をよろしくお願いしますね」とまで言われてしまった。「そんな感じなのよ。うちの親は」って恭子さんは笑っていたけど、世の中いろんな親がいるよな、って〈D〉の皆で感心してしまった。

もちろん、その後にお正月に一緒に恭子さんの実家のある帯広(おびひろ)まで行って挨拶はしたけれど、ものすごく歓迎されてしまった。ナオキさんなんかは「それはもう完全包囲されたってことじゃないか」って笑っていたけど、それならそれでいいかって今は思ってる。

いつか、近い将来。

具体的にはあと一年半もしたら、僕も大学を卒業して〈D〉を辞めることになる。そのときに自分が一体何になっているのか。何になろうとしているのかはまだ全然見えないんだけど、根拠のない自信だけはある。

何をやっても、どこに行ってもきっと大丈夫だっていう自信。

〈D〉で過ごした、過ごしているこの日々が、未来の自分を支えてくれるって思ってる。

著者紹介

**小路幸也**（しょうじ　ゆきや）

1961年、北海道生まれ。広告制作会社勤務などを経て、2002年に『空を見上げる古い歌を口ずさむ pulp-town fiction』で第29回メフィスト賞を受賞して翌年デビュー。温かい筆致と優しい目線で描かれた作品は、ミステリから青春小説、家族小説など多岐にわたる。2013年、代表作である「東京バンドワゴン」シリーズがテレビドラマ化される。

おもな著書に『駐在日記』（中央公論新社）、『花歌は、うたう』（河出書房新社）、『怪獣の夏 はるかな星へ』（筑摩書房）、『踊り子と探偵とパリを』『蜂蜜秘密』（以上、文春文庫）、『花咲小路二丁目の花乃子さん』『花咲小路一丁目の刑事』（以上、ポプラ文庫）、『スタンダップダブル！』（ハルキ文庫）、『東京カウガール』（PHP研究所）、『ラプソディ・イン・ラブ』『すべての神様の十月』（以上、PHP文芸文庫）などがある。

この作品は、2016 年 1 月に PHP 研究所より刊行された。

PHP文芸文庫　ロング・ロング・ホリデイ

2018年7月23日　第1版第1刷

| | |
|---|---|
| 著者 | 小路幸也 |
| 発行者 | 後藤淳一 |
| 発行所 | 株式会社PHP研究所 |

東京本部　〒135-8137 江東区豊洲5-6-52
第三制作部文藝課　☎03-3520-9620(編集)
普及部　☎03-3520-9630(販売)
京都本部　〒601-8411 京都市南区西九条北ノ内町11

PHP INTERFACE　https://www.php.co.jp/

| | |
|---|---|
| 組版 | 朝日メディアインターナショナル株式会社 |
| 印刷所 | 共同印刷株式会社 |
| 製本所 | 株式会社大進堂 |



ISBN978-4-569-76844-1

PHP文芸文庫

# すべての神様の十月

小路幸也 著

貧乏神、福の神、疫病神……。人間の姿をした神様があなたの側に!? 八百万の神々とのささやかな関わりと小さな奇跡を描いた連作短篇集。

定価 本体六八〇円（税別）

PHPの本

# 東京カウガール

小路幸也 著

「この女、どこかで」――都内で頻発する殴打事件の犯人を偶然撮影した英志は、その正体を突き止めるが……。著者新境地のサスペンス。

【四六判】 定価 本体一、六〇〇円（税別）

PHP文芸文庫

# HappyBox

伊坂幸太郎／山本幸久／中山智幸／真梨幸子／小路幸也 著

あなたは「幸せになりたい人」ｏｒ「幸せにしたい人」？　ペンネームに「幸」が付く5人の人気作家が幸せをテーマに綴った短編小説集。

定価　本体六六〇円（税別）

PHP文芸文庫

# ヴィヴィアンの読書会

七尾与史 著

ベストセラー『ドS刑事』『死亡フラグが立ちました！』の著者が放つ、読書会を舞台にしたノンストップ・ミステリー。書き下ろし長編。

定価 本体六四〇円（税別）

PHP文芸文庫

# ジンリキシャングリラ

山本幸久 著

野球部を辞めた雄大は、可愛い先輩に誘われ人力車部へ!? とある地方都市を舞台にした高校生たちの笑いと涙の青春ドラマ。

定価 本体七八〇円(税別)

PHP文芸文庫

# アンハッピー・ウエディング

結婚の神様

櫛木理宇 著

〝いわくつき〟の結婚式場でサクラのバイト!? 大人気シリーズ「ホーンテッド・キャンパス」の著者が贈る、ラブ&サスペンス最新作!

定価 本体七六〇円（税別）

PHP文芸文庫

# ぼくたちのアリウープ

五十嵐貴久 著

バスケ部に入れないってどーいうこと⁉
高校バスケを舞台に、入部を巡り奮闘する
少年たちの青春を描いた笑い溢れる爽快ス
ポーツ小説。

定価 本体七四〇円（税別）

PHP文芸文庫

# 生きていてもいいかしら日記

北大路公子 著

40代独身。趣味昼酒。座右の銘「好奇心は身を滅ぼす」。いいとこなしな日常だけど思わず笑いがこぼれ、なぜか元気が出るエッセイ集。

定価 本体五五二円（税別）

PHP文芸文庫

# 鯖猫（さばねこ）長屋ふしぎ草紙（一）〜（四）

田牧大和 著

事件を解決するのは、鯖猫⁉ わけありな人たちがいっぱいの鯖猫長屋で、不可思議な出来事が……。大江戸謎解き人情ばなし。

（一）　定価　本体七八〇円（税別）

（二）〜（四）定価　本体七六〇円（税別）